KB121207

로크미디어가
유혹하는
재미있는 세상

ROK
MEDIA
로크미디어

다시 사는 재벌가 망나니 31

2023년 6월 16일 초판 1쇄 인쇄
2023년 6월 21일 초판 1쇄 발행

지은이 맹물사탕
발행인 강준규

기획 이기헌 왕소현 임동관 박경무 강민구 조익현
책임편집 금선정
마케팅지원 이원선

발행처 (주)로크미디어
출판등록 2003년 3월 24일
주소 서울시 마포구 마포대로 45 일진빌딩 6층
Tel (02)3273-5135 **Fax** (02)3273-5134
홈페이지 rokmedia.com **E-mail** rokmedia@empas.com

ⓒ 맹물사탕, 2021

값 9,000원

ISBN 979-11-408-0823-6 (31권)
ISBN 979-11-354-9456-7 04810 (세트)

다시 사는 재벌가 망나니

맹물사탕 현대 판타지 장편소설

31

ROK
MEDIA
로크미디어

Contents

1장   7

2장   65

3장   121

4장   183

5장   241

1장

박승환과 함께 돌아온 조세화의 표정이 어딘가 묘했다.

'이 집을 팔아치우는 것이 이제 실감이 나기 시작했나?'

나는 그런 조세화가 조금 신경이 쓰였지만, 박승환의 이야기를 듣는 게 먼저였다.

"전무님, 어떠세요?"

박승환도 그런 조세화의 이변을 눈치챈 얼굴이었지만 그도 관련해서는 언급을 피했다.

"기대 이상으로 좋았습니다. 벌써 몇 가지 구상이 떠오르는군요."

"다행이네요. 게다가……."

나는 힐끗 조금 멀리 떨어진 곳에서 대화를 나누는 이미라과 오승환을 보았다.

"제가 보기에는 메뉴 문제도 문제없이 진행될 거 같거든요. 그래도 혹시 모르니 나중에 상의는 해 보세요."

"예, 그러겠습니다. 이번 일에 도움을 주셔서 감사드립니다."

"하하, 그 말씀은 저보다 집주인에게 해야죠. 세화야?"

그러자 멍하니 있던 조세화도 그제야 퍼뜩 정신을 차리곤 이쪽을 보았다.

"응? 왜?"

"전무님이 인사하고 싶으시대."

조세화는 내 말에 빙긋 웃는 얼굴로 박승환을 보았다.

"그럼 사전 답사는 이걸로 끝인가요?"

"예. 덕분에요."

장여옥이라는 거물을 캐스팅하긴 했지만, 그 거물을 데리고 어떤 구상을 만들어 가야 할지 감이 오질 않았던 모양인지 박승환은 이번 일을 진심으로 고마워하는 눈치였다.

"아니에요. 저야말로 전무님께서 좋은 방송을 만들어 주시기만 하면 그걸로 충분한걸요."

"기필코 해 보겠습니다. 그러면 저는 잠시 실례하겠습니다."

인사를 마친 박승환은 이미라가 있는 곳으로 발걸음을 옮겼다.

조세화와 잠시 단둘이 남게 되자, 나는 그녀에게 툭하고 물었다.

"왜, 무슨 일 있어?"

내 말에 조세화가 고개를 갸우뚱했다.

"무슨 말이야?"

"아니. 좀 멍한 거 같아서. 피곤해?"

"……음, 그런가. 그럴지도 모르겠네."

조세화가 흠, 하고 가볍게 숨을 내쉬었다.

"아, 그러고 보니까 유상훈 변호사님이 전화를 주셨어."

아, 그 일로 생각에 잠긴 건가.

그나저나 유상훈이 나를 건너뛰고 조세화에게?

"무슨 일인데?"

"나도 몰라. 오늘 사무실에서 만나기로 했어. 성진이 너도 갈 거지?"

이 일을 마치고 회사에 들러 볼까 생각했는데, 그것도 나쁘지 않겠다.

어쨌거나 이번 저택 매각 건에 유상훈의 중개를 통하면 내게도 일이 수월할 테니까.

'조세화를 만나고자 한 유상훈의 꿍꿍이도 궁금하고.'

나는 고개를 끄덕였다.

"그러자. 나도 갈게."

"응. 그리고……."

조세화는 이어서 내게 뭔가를 물으려다가 입을 꾹 다물었다.

"왜?"

"……아니 아무것도 아니야. 나중에 생각이 정리되면 말할게."

흐음, 뭔가 있긴 한 모양인데.

그래도 정작 당사자인 조세화가 입을 다물어서야 나로선 어찌할 방도가 없다.

'신뢰 관계는 충분히 쌓아 두었다고 생각했는데, 별로 그런 것도 아니었나.'

어쩌면 너무 그렇기 때문에 내게 말하지 못하는 것이 있을지도 모른다는 건 내 불찰이지만.

'이를테면 안기부와 만났던 일을 내게 비밀로 하는 것처럼.'

이후 손님들은 충분한 대화를 나눴다고 생각했는지, 아니면 장소를 옮겨 이야기를 이어 갈 생각인지 이쯤에서 자리를 파하기로 했다.

"그럼 성진이는 회사로 갈 거니? 그럴 거면 차로 태워 주고."

이미라의 말에 나는 고개를 저었다.

"아뇨, 말씀은 감사합니다만 세화랑 변호사 사무실에 갈 예정이에요."

"그래? 그러면 하는 수 없고. 오 셰프는 저랑 호텔로 가죠."

오성환도 몸이 근질근질한지 냉큼 고개를 끄덕였다.

"예, 대표님."

그렇게 하나둘, 사람들을 떠나보낸 뒤, 나는 조세화의 차를 타고 유상훈 변호사 사무실로 향했다.

'어, 이건 또 왜 이래?'

배불리 잘 먹고 회사로 돌아온 크리스는 어째 먹통인 컴퓨터를 보며 미간을 찌푸렸다.

'고장 났나? 혹시 바이러스?'

크리스는 애꿎은 모니터를 손바닥으로 탕탕 두들겼다.

'젠장, 이러고 있을 시간이 없는데. 아, 모니터가 아니라 본체를 때리면 되려나?'

그렇게 생각한 크리스가 주먹을 말아 쥐는데, 뒤에서 목소리가 들렸다.

"무슨 일 있니?"

이건 또 뭐야, 싶은 얼굴로 뒤를 돌아본 크리스는 상대를 보곤 멈칫했다.

'엥, 저건 설마 임정주?'

전생에도 게임은 손도 대보지 않은 크리스지만 임정주의 이름 석 자 정도는 당연히 알고 있었다.

　'나 원, 이성진 이놈이 설마 임정주까지 끌어들인 거야?'

　임정주는 자신을 멍하니 보는 크리스의 시선에 헛기침을 했다.

　"아니. 뭔가 컴퓨터에 문제가 있는 것 같아서. 이 오빠, 수상한 사람은 아니야."

　임정주의 얼굴을 몰랐다면 수상한 사람이라고 생각했을 것이다.

　'그래, 어쨌거나 컴퓨터 게임을 만드는 사람이니 이걸 고쳐내는 것쯤은 아무런 문제도 없겠지.'

　그가 왜 여기 있는가 하는 것보단 당장 이용 가치를 더 중시한 크리스가 그에게 물었다.

　"혹시 아저씨가 고칠 수 있나요?"

　"하드웨어 문제만 아니면 이 '오빠'가 고칠 수 있지. 잠깐 비켜 줄래?"

　"네."

　임정주는 크리스가 앉았던 의자의 높이를 맞춘 뒤, 키보드를 두들겨 크리스가 옆에서 지켜보아도 알 수 없는 방법으로 컴퓨터가 정상적으로 작동하게 만들었다.

　"자, 됐다. 아무래도 앞에 쓴 사람이 컴퓨터를 강제로 종료해서 바이오스가 깨진 모양이네."

음, 그거라면 내가 원인이었군.

크리스는 고장의 원인을 알았지만 당연히 죄책감 따윈 갖지 않았다.

이 문제의 원인은 어디까지나 부실하게 만든 제조사의 잘못인 것이다.

"그랬군요."

"응, 그나저나 컴퓨터로 뭐 하려고? 게임?"

게임회사 사장다운 질문이었다.

"아뇨, 그냥…… 좀."

이 회사에 대한 정보를 검색하려 했다는 말은 할 수 없었던 크리스가 얼버무리자 임정주가 픽 웃었다.

"그랬구나."

이 시대에 컴퓨터라는 건 좀처럼 보기 힘든 가전제품이니, 눈에 보인 김에 만져 보고 싶었던 거겠지.

임정주는 그렇게 생각했다.

자, 그러면 컴퓨터도 고쳐 주었겠다, 이만 돌아갈까 생각했던 임정주는 문득 무슨 생각을 떠올렸는지 씩 웃으며 말을 이었다.

"그러면 이 오빠가 만든 게임 한번 해 보지 않을래?"

"네?"

게임이라니, 내가 이 나이 먹고?

게다가 컴퓨터 게임 같은 건 시간과 돈이 없는 서민들이나 즐기는 저급한 오락이라고 생각하는 크리스로서는 별로 내키지 않았다.

"글쎄요."

크리스가 별로 내켜 하지 않는 얼굴이자 임정주는 다급히 말을 이었다.

"그게 있지, 〈바람의 왕국〉이라는 게임인데……."

"……."

"아, 그러고 보니 소개가 늦었구나. 나는 넥스트라는 회사에서 게임을 만들고 있는 임정주라고 해."

흠, 넥스트라. 원래도 이 시기에 만들었나?

그보단 임정주가 이성진의 회사에 고용된 몸이 아닌 건 알겠다.

'끌어들일 수 없던 건지, 아니면 밑에 두는 것보다 그가 따로 회사를 경영하도록 두는 게 좋다고 판단한 건지는 모르겠지만.'

크리스가 물었다.

"아저씨."

"응?"

임정주는 그냥 크리스의 아저씨라는 호칭을 받아들이기로 했다.

"혹시 명함 있어요?"

"명함? 아, 그럼. 여기."

크리스는 임정주가 내민 명함을 받아 챙겼다.

'이걸로 임정주의 개인 연락처를 구했군.'

그제야 크리스는 임정주에게 자기소개를 했다.

"저는 크리스입니다. 제 명함은 나중에 생기면 드릴게요."

크리스의 대답을 귀엽게 받아들인 임정주는 곧이어 고개를 갸웃했다.

"응? 크리스? 크리스가 본명이니?"

"본명은 크리스티나 밀러예요."

"……교포?"

"그런 셈이죠."

임정주는 교포 꼬마애가 왜 이 회사에 있는 건가, 하고 잠시 생각했다가 이 회사가 SJ엔터테인먼트와 장소를 공유하고 있다는 걸 떠올리곤 '그쪽에 소속된 애인가?' 하고 고개를 끄덕였다.

"그랬구나. 한국말 잘하네."

그도 그럴 것이 SJ엔터테인먼트에는 아역 배우 몇 명이 소속되어 있다고 들었고, 이따금 그들이 휴식을 취하러 휴게실을 방문할 때도 왕왕 있었으니까.

어쨌거나 크리스가 외국인이라는 걸 알게 되니 임정주는 더더욱 크리스에게 게임을 시켜 보고 싶었다.

"그래서 잠시라도 좋으니까 해 보지 않을래?"

좀처럼 일반 고객을 만날 일이 없는 임정주는 고객 반응에

목말라 있었다.

게다가 그 대상이 (아마도)초등학생이라면 더더욱.

'거참 끈질기네. 아무리 임정주라도…….'

매몰차게 거절하려던 크리스는 문득 생각했다.

'아니 그래도 어쨌건 명색이 임정주가 눈앞에 있는데…….
나중에 어떻게 될지 모르니 조금 친해져 두는 것도 나쁘지
않겠지.'

그러잖아도 크리스 역시 저 실체라고는 존재하지 않는, 너
드들이나 즐기는 게임이란 것이 미래에 떼돈을 벌어들이는
산업으로 진화한 것에 흥미를 느꼈던 적이 있었다.

'옛날엔 아버지도 게임 쪽 일을 해 보려다 실패하셨지. 그
뒤로는 이쪽 일은 쳐다보지도 않으셨는데……. 뭐라더라, 멀
티미디어사업부였나?'

크리스는 이태석이 이휘철의 그늘에서 벗어나고자 야심
차게 꾸렸던 독립 부서를 머릿속에 어렴풋이 떠올렸다.

'그것도 할아버지가 돌아가시면서 덜컥 회사의 책임자가
되신 바람에 부서는 소리 소문 없이 통폐합된 모양이지
만……. 할아버지가 건재하신 지금은 어떻게 되었을지 모르
겠군.'

어쨌거나 이태석도 한때나마 관심을 보이던 분야이니 이
번 기회에 뭐가 그렇게 매력적이었는지 알아보는 것도 나쁘
지는 않을 터.

'흠, 하긴. 생각해 보면 별다른 자본이나 기술이 없어도 대박을 칠 수 있는 분야이니, 나중을 대비해서 맛만 보는 정도라면, 뭐.'

머릿속으로 계산을 마친 크리스가 고개를 끄덕였다.

"네, 그러죠."

"말하자면 이 게임은 초등학생도 즐길 수 있는…… 정말로?"

속고만 살았나.

"게임은 해 본 적이 없거든요. 그러니까 한 번쯤 경험해 보는 것도 나쁘지 않을 거 같아서요."

"그랬구나."

싱글벙글 웃는 임정주를 보며 크리스는 '예나 지금이나 개발자란 단순하군.' 하고 생각했다.

"알았어. 어디 보자, 그러면 계정 생성부터…… 아 참, 교포라고 했지? 그러면 개발자용 계정을 빌려줄게. 그런데 어디서 왔니?"

"미국요."

"미국?"

해외 진출의 야심이 있던 임정주에겐 반가운 소식이었다.

"그럼 혹시 미국에서는 컴퓨터 게임 많이들 하니?"

됐으니까 할 거만 하고 얼른 사라져 주었으면 싶은데.

"그건 저도 모르겠는데요."

과연 할렘가 사람들이 컴퓨터를 알까.

저번에 애플에 투자해야 한다고 말했더니 '사과가 먹고 싶니?' 하고 물을 정도였으니, 아마 모를 것이다.

"아……. 음, 그래."

하긴, 여자애이고, 게임을 즐기는 건 보통 남자애들이니.

'게다가 미국은 콘솔이 강세라 들었고.'

또, 임정주가 보기에 크리스는 미국에서도 귀하게 자란 상류층 출신으로 보였다.

'아마 집안이 엄격한 모양이군. 오늘 일로 이 애가 잠시 숨통을 터 주었으면 좋겠는데.'

크리스가 볼멘소리로 물었다.

"그런데 아직 멀었나요?"

"미안, 금방 끝나."

임정주는 쓴웃음을 지으며 게임을 켰다.

"자, 그러면 먼저 캐릭터를 만들어야 하는데…… 여자가 좋겠지?"

임정주의 자연스러운 제안에 '내가 게임에서도 여자를 해야 하나' 싶은 크리스가 미간을 찌푸렸다.

"아뇨, 남자요."

"남자? 어, 음, 자랑은 아니지만 우리 게임은 여자 캐릭터도 꽤 예쁘게 잘 뽑았다고 자부하는데……."

"남자요."

"아니, 내부 평가도 꽤 좋았다니깐? 심지어 얼마 전에는 가끔 일을 도와주는 소정 씨도 귀엽다고…….."

"남자."

"……."

결국 임정주도 크리스의 고집에 더는 강권하지 않고 두 손을 들었다.

"알았어, 그러면 아이디는 뭐로 할래? 그러니까 아이디라는 건 게임 속에서 네 분신의 이름인데……."

"아무거나요."

"……그래도 네 분신의 이름인데."

"아무거나."

"……."

그렇게 임정주의 손에 의해 크리스의 아바타, 남성 전사 '아무거나'가 만들어졌다.

'흠, 그나저나 이게 이 시대 게임 그래픽인가? 눈이 썩을 거 같군.'

부하들이 PPT로 만들어 온 '현시대' 게임 그래픽이 어떻다는 걸 본 적 있는 크리스로서는 이 도트로 찍은 게임 그래픽과 캐릭터 등이 영 마음에 차질 않았다.

'오락거리가 부족한 이 시대에는 이런 것조차 재미있다고 즐긴 모양이군. 뭐, 여기서는 적당히 맛만 보는 정도만 하면 될 테니까.'

그렇게 크리스는 가벼운, 그리고 조금 못마땅한 기분으로 전생을 통틀어 인생 첫 게임에 발을 들였다.

유상훈은 내가 조세화와 함께 사무실에 방문하자 적잖이 당황한 눈치였다.

"아, 세화 씨. 사장님과 함께 오셨군요."

유상훈의 목소리에는 그 당혹감을 드러내듯 약간의 떨림이 묻어났다.

"네, 전화하셨을 때 마침 저도 세화네 집에 있었거든요."

내 대답에 유상훈은 나를 거치지 않고 곧장 조세화를 호출했다는 것에 품은 내 찜찜함을 덮어 누르듯, 약간의 과장과 호들갑으로 응했다.

"아아, 그러셨군요."

유상훈이 말을 이었다.

"저는 당연히 사장님이 회사에 계실 거라고 생각했습니다, 하하."

"그래요, 보통은 그렇죠."

유상훈은 나와 조세화에게 자리를 권한 뒤, 사무실에 비치된 소형 냉장고를 열어 음료수를 꺼내 탁자에 올려놓곤 내 몫의 종이컵 하나를 더 추가했다.

"그 시간에 세화 씨랑 함께 계셨다는 건…… 예의 합자회사 설립 건 때문입니까?"

유상훈이 따라 주는 주스를 받으며 나는 고개를 저었다.

"아뇨, 조금 다른 일이었습니다. 세화가 상속 받은 저택을 매각하려고요."

"그렇습니까? 세화 씨가 상속 받은 저택이라면……."

이번에는 조세화가 대답했다.

"교외에 자리 잡은 저희 할아버지의 저택이에요."

"아, 그 집."

유상훈이 그렇군, 하고 고개를 끄덕였다.

현재 부친인 조설훈 자택의 소유주는 조세화가 아닌 그녀의 모친이니, 이는 조세화 혼자서 처분하거나 할 수 있는 게 아니니까.

조세화 앞에 놓인 종이컵에 주스를 따른 유상훈이 고개를 끄덕이며 제 몫의 주스를 한 모금 마셨다.

"저도 훌륭한 저택이라는 이야기는 들었습니다만, 용케도 매수자가 나타났군요. 아, 오해하진 마십시오. 제 말은 어디까지나……."

"저도 알아요. 변호사님 생각처럼 쉽게 팔리지 않을 저택인 건 맞으니까요."

"하하……. 그런데 이번에 그 저택을 매각하시는 데 성공하신 것 같은데요. 축하드립니다."

"아직 확정된 건 아니에요. 흔히들 말하듯 매수 희망자가 '집 구경'을 마친 것뿐이거든요."

그러면서 조세화가 내 얼굴을 힐끗 살폈다.

"뭐, 이것도 성진이 덕분이지만요."

유상훈이 고개를 끄덕이곤 나를 보았다.

"그 일에 사장님께서 도움을 주셨습니까?"

"예. 신화호텔 법인 측에 팔아 볼까 하거든요."

"신화호텔."

유상훈이 씩 웃었다.

"그래서 세화 씨랑 함께 계셨던 거군요. 이해했습니다."

유상훈이 이 내용을 어디까지 파악하고 있을지는 모르겠지만, 그가 이해한 내용에 대해 생각하거나 그 일을 설명하는 건 내 관심사가 아니었다.

"그런데 변호사님."

조세화 역시 마찬가지인 모양인지, 그쯤 해서 대화에 슬쩍 끼어들었다.

"오늘은 어쩐 일로 저를 사무실에 부르셨어요?"

"아, 아아. 그거 말이죠."

유상훈은 올 게 왔다는 듯 뜸을 들이며 내 얼굴을 살폈다가 결심을 마친 듯 입맛을 다시고는 의자에 등을 붙였다.

"사장님이 여기 계신 건 의외이고, 그래서 조금 전달드리기 조심스러운 일입니다만……. 오늘 우연히 조광 그룹과 관련한 일을 알게 되어서요. 말씀드려도 되겠습니까?"

조세화는 조광 그룹과 관련한 일이라고 하니 움찔했다가 곁에 앉은 내 존재를 의식하며 고개를 끄덕였다.

"예, 말씀해 주세요."

내가 동행했다는 건, 이미 그럴 각오를 마쳤다는 것이기도 하므로.

"……알겠습니다."

유상훈은 짧은 한숨 뒤 말을 이었다.

"실은 오늘 신진물산에 갔다가 이상한 걸 발견했거든요."

"신진물산?"

조세화가 눈을 가늘게 떴다.

"변호사님께서 신진물산에는 어쩐 일로 가셨던 거죠?"

설마 딴 주머니를 차려는 건 아니겠지, 하는 조세화의 무례한 추측에 유상훈은 진심으로 억울해했다.

"정말로 우연입니다. 흠, 이 이야기부터 말씀드려야겠군요. 오전쯤, 사무실로 전화가 한 통 걸려 왔습니다."

그러며 유상훈은 자신이 신진물산으로 향하게 된 일을 간략히 전했다.

유상훈의 말인 즉, 처음에는 평범한 의뢰라고 생각해 광금후와 동행하여 신진물산에 도착했고, 거기서 이미 압수수색 영장을 든 경찰들의 수사가 이루어지고 있었다고.

'말 그대로 우연이군.'

유상훈은 얼마 전 이 변호사 사무실을 개업한 이래 줄기차게 신문 광고를 넣고 있었으니, 압수수색으로 발등에 불이 떨어진 광금후는 그 광고를 떠올려 유상훈에게 전화를 건 것이리라.

"압수수색요?"

조세화가 화들짝 놀랐다.

"대체 무슨 일로요?"

"아, 저도 거기까지는 알아보지 않았습니다. 당시엔 상담 자격으로 동행했을 뿐, 그분의 의뢰를 정식으로 수주하기 전이었거든요. 제가 아는 건 어디까지나 '신진물산이 압수수색을 당했다'는 내용뿐입니다."

"……음."

조세화는 딱딱하게 굳은 얼굴로 침음성을 뱉은 뒤 입을 열었다.

"말씀하신 걸 들으니 결과적으로 그 의뢰는 거절하신 것 같은데요."

"정확히 보셨습니다. 뭐, 제가 그렇게 말하니 광금후 사장님께선 적잖이 언짢아 하셨습니다만, 제가 형사사건은 전문이 아니라는 걸 알고선 납득해 주시더군요, 하하."

유상훈의 너스레에 조세화가 눈을 가늘게 떴다.

"그런데 광 사장님의 의뢰는 왜 거절하신 거죠?"

유상훈이 어깨를 으쓱였다.

"그야, 어쩌면 제가 변호를 맡는 일이 상호이익 위반이 될 지도 모르니까요."

"상호이익 위반?"

"아, 상호이익 위반이라고 하는 건 말입니다……."

"아뇨, 저도 그 용어의 개념은 알아요. 제 말은……."

조세화가 그녀 스스로 생각한 위화감의 정체에 대해 명확히 생각나는 바가 없어 말을 잇지 못하는 눈치이자 나는 대신해서 끼어들었다.

"세화 말은 변호사님이 그 자리에서 그걸 어떻게 판단하셨느냐는 거죠."

"아, 맞아. 그거."

"게다가 '형사사건'을 언급하신 걸로 보아 영장 확인까지 하신 건가, 하는 생각도 들었지만 그런 것도 아닌 느낌이고 말이죠."

"응, 그거야, 그거."

내 말에 이어 조세화의 맞장구까지 들으니 유상훈은 떨떠름한 얼굴을 미처 감추지 못하며 주스를 한 모금 홀짝였다.

"이거 참, 두 분은 못 당하겠습니다."

종이컵을 내려놓은 유상훈이 두 손을 들었다.

"솔직히 말씀드리면 거기서 우연히 개인적으로 아는 강력계 형사님을 만났거든요."

유상훈이 아는 강력계 형사라, 나는 머릿속으로 강하윤을 떠올렸지만 다른 경찰일지도 모르니 아는 척하지 않았다.

"그래서 저는 이번 신진물산 압수수색이 형사사건이 아닐까 생각했습니다. 조금 더 솔직해지자면 그 형사님도 제게 정확히 무슨 혐의로 광금후 사장님을 수사 중인지는 말씀하지 않았고요."

"……그랬군요."

조세화가 고개를 끄덕였다.

"실은 저, 오늘 오전에 광금후…… 사장님을 따로 만나 뵙고 있었거든요."

"어라, 그랬습니까?"

"예. 얼마 전부터 광금후 사장님께서 저를 만나 보고자 하셨고, 오늘은 그분께 피후견인이 되어 달란 부탁을 들었어요."

조세화의 말에 유상훈이 턱을 쓸었다.

"흐음, 광금후 사장님이 세화 양의 후견인이라……."

그러면서 유상훈은 그게 내 아이디어인 걸 간파한 듯 나를 힐끗 살폈다가 말을 이었다.

"그것 자체는 나쁘지 않군요. 일견 합리적이란 생각마저 들 정도입니다. 그도 그럴 것이 광금후 사장님은 현재 조광그룹 내에서……."

"저도 알아요."

다만 조세화는—유상훈은 짐작하지 못할 이유로—이 이야기를 언급하는 일이 불쾌하다는 듯 다소 무례를 범해 가며 유상훈의 말을 끊었다.

"아무튼 그 일이 성사되기 직전에 광금후 사장님은 급한 볼일이 있는지 자리를 떠나셨거든요. 무슨 일인가 했더니 이번 압수수색 건 때문이었나 보네요."

"그런 듯합니다. 저도 그 바람에 점심을 건너뛰고 말았거든요."

유상훈은 분위기를 누그러뜨리기 위해 일부러 가벼운 이야기를 던지며 자신의 퉁퉁한 배를 쓰다듬었다.

"어쨌거나 이야기를 다시 이어 가자면……."

유상훈이 말을 이었다.

"제가 세화 씨를 이 자리에 부른 것도 세화 씨가 오늘 있었던 이 일을 알아주셨으면 하는 생각에서였습니다."

그러면서 유상훈은 보란 듯 나와 눈을 마주쳤다.

"그렇다고 우리 이성진 사장님께 보고드릴 일이라는 생각은 들지 않아서, 세화 양만 따로 부른 거고요."

어째 내게 변명하듯 덧붙이는 걸 보니 꼴에 이 일에서 켕기는 구석이 있다는 걸 자각은 하는 모양이다.

'어쨌거나 유상훈을 혼내는 건 뒤로 미뤄 두기로 하고.'

유상훈의 의도야 어쨌건 조세화도 광금후가 압수수색 영장을 발부받을 정도로 경찰에게 주목받는 상황이란 걸 알게 되었으니, 나로서는 이 상황을 어떻게 풀어 가면 좋을지 고민이 깊었다.

'어차피 광금후의 몰락은 이미 예정된 판 위의 일이고, 그가 조세화의 후견인이 되어 있어야 주주총회 때도 일이 수월할 텐데…….'

뭐, 원래 사업이라는 게 변수의 연속이고, 이렇게 된 이상 임기응변으로 이번 사태를 대처해 나갈 수밖에.

나는 생각한 뒤, 입을 뗐다.

"그리고 변호사님께선 이번 일을 상호이익 위반 조례에 해당한다고 생각해서 광금후 사장님의 의뢰를 거절하신 거군요. 그렇다면 변호사님은 이번 압수수색이 신진물산의 경영과 관계가 있다고 보셨습니까?"

유상훈은 과자를 먹다 말고 대답했다.

"예, 뭐…… 자세한 건 장부를 보고 분석해야 할 일이지만요."

그러자 조세화는 문득 생각난 듯 끼어들었다.

"저, 신진물산의 장부를 본 적이 있어요."

"어라, 그렇습니까?"

"예, 집에 두고 오는 바람에 지금은 없지만 필요하다면…….

"아뇨, 아닙니다. 그렇게 하실 것까지는 없고…….

입속에 먹던 과자를 털어 넣은 유상훈은 잠시 생각에 잠겼다가 과자를 꿀꺽 삼킨 뒤, 손가락을 튀겼다.

"혹시 세화 씨, 그 장부에서 최근 몇 년 사이 신진물산의 영업활동 대비 영업이익이 상승하지 않았습니까?"

보지 않고도 앉은 자리에서 내용을 파악하는 유상훈의 솜씨에 조세화는 눈을 동그랗게 떴다.

"어떻게 아셨어요?"

"하하, 그냥 감입니다. 왠지 그럴 것 같았거든요."

유상훈의 머리 돌아가는 속도와 정확성에는 나도 놀랐다.

'진짜, 그걸 어떻게 알았대.'

저러는 걸 보면 확실히 실력은 있단 말이지.

유상훈은 우리 두 사람의 시선을 즐기듯 빙긋 웃으며 말을 이었다.

"세화 씨 앞에서 이런 말씀을 드리기는 뭣합니다만, 사실 최근 몇 년간 조광 그룹은 경영에 집중할 수 없을 만큼 혼란스럽지 않았습니까? 그런 와중 그 자회사인 신진물산만 두각을 나타내고 있었으니, 이번 압수수색과 엮어 그러지 않을까 생각한 거죠."

조세화가 물었다.

"그러면 변호사님, 장부 속 그 내용은 무슨 의미를 갖는 건가요?"

"저도 회계는 전문이 아니어서 깊이는 없습니다만 원론만 흘려들으십시오. 보통 영업활동 대비 영업이익이 상승한 경우는 두 가지 경우에 해당합니다. 한 가지는 기업의 영업 효율성이 증가한 경우고, 다른 하나는……."

유상훈이 목소리를 조금 낮췄다.

"회사 내에 정상적인 영업 결과가 아닌, 외부 유입 자금이 들어왔을 경우입니다."

말인 즉, 신진물산의 경영이 호조를 보이는 것처럼 장부에 기재된 것이 실은 광금후가 '사재'를 털어 넣은 결과라는 의미였다.

주목할 건 이 '사재' 부분으로, 단순히 통장에 카드 돌려막는 것도 아니고 억 단위를 호가하는 기업 영업 이익에 사재를 털어 넣어 관여할 정도라면 마땅히 그 출처를 의심해 볼 만할 것이다.

"그렇다는 건……."

'물론' 안기부로부터 관련 내용을 들은 바 있는 조세화는 광금후의 자금 출처가 어디에서 기인했는지 짐작 가는 듯 입을 뗐다가, 내 눈치를 살피며 얼른 입을 다물곤 다시 어조를 고쳐 유상훈에게 물었다.

"……변호사님은 그 출처가 어디라고 생각하세요?"

"저도 모르죠."

유상훈이 어깨를 으쓱였다.

"미루어 짐작할 때, 저로서는 그 일이 경찰의 이번 압수수색 건과 연관이 있지 않을까 추측할 뿐입니다."

자기 보신에 철저한 유상훈답다고 할지, 그는 혹시라도 나중에 광금후로부터 해코지를 당하지 않기 위해 정말로 영장 확인을 하지 않은 모양이었다.

"다만…… 말씀드리기 무척 조심스럽기는 한데, 현재로서
는 이것이 광금후 사장님이 기업의 영업이익 흐름을 좌지우
지할 정도의 큰돈이 오가는 불법적인 일에 연루해 있을지도
모른다는 정도의 추측이라는 거죠."

"……."

조세화의 침묵을 보며 유상훈이 어조를 부드럽게 고쳐 말
을 이었다.

"물론 아직 유죄가 확정된 일도 아니고 아직은 압수수색
영장을 발부받은 것에 불과합니다만, 세화 씨도 만일을 대비
해 이번 일을 알아주셨으면 해서요. 그래서 부득이 전화로
시간을 내어 달란 부탁을 드린 거였습니다."

아마 유상훈은 이미 그게 '어떤 일인가' 하는 것에 내심 결
론을 내리고 있을 것이다.

'생산지에선 헐값인 물건이 현지에선 금값이 되는 상품이
있지. 그게 대항해시대였다면 향신료였을 것이고, 현대에 이
르러선…….'

그때 잠자코 있던 조세화가 입을 열었다.

"그 자금 출처가 혹시 마약인가요?"

흠, 그렇다고는 해도 이렇게 노골적으로 나올 줄이야.

조세화의 말에 유상훈은 난처한 얼굴이 됐다.

"제가 드릴 수 있는 말씀은…… 어디까지나 출처가 불명확

한 자금 유입의 가능성뿐입니다."

유상훈도 어쩌면 그런 가능성을 떠올리고 있었을지 모르나, 그는 책임에서 회피하려는 발언으로 한 걸음 물러섰다.

하지만 유상훈이 물러선 만큼 조세화가 다가갔다.

"그게 아니면 뭐죠? 인신매매? 납치, 협박? 경찰에서 압수수색을 벌일 정도라면 그 정도 범죄가 아니고선……."

"세화 씨."

유상훈이 어조를 진지하게 하며 조세화의 말을 가로막았다.

"이 상황에 저희가 유념해야 할 것은 세화 씨와 사장님이 이 상황에 어떻게 대처하는가 하는 것입니다. 아닌 말로 광금후 사장님은 다른 누군가에게 누명을 썼을지도 모르고, 경찰은 압수수색에도 불구하고 광금후 사장님에게 씌워진 혐의를 입증하지 못할지도 모릅니다."

"……."

감정적으로 나섰던 조세화는 뚱한 얼굴이기는 했지만, 그래도 유상훈의 냉정한 말 덕분인지 조금 냉정을 되찾은 듯했다.

"그러면 이 상황에서 저희는 어떻게 해야 하는 거죠?"

"저도 그 이야기를 나누고 싶어서 세화 씨를 초대한 것이기도 합니다."

유상훈이 깍지 낀 손을 무릎에 올려놓았다.

"다만 한 가지 알아 두셔야 할 건……. 세화 씨의 추측대로 광금후 사장이 마약에 손을 대서 회사 가치를 키워 왔다고 할 경우, 어떤 의미로 보건 간에 조광 그룹에는 좋지 않은 일이 벌어질 거란 점입니다."

"하지만 그건 조광 그룹의 의사와 무관하게 광금후 사장이 멋대로……."

유상훈이 어깨를 으쓱였다.

"물론이죠. 세화 씨는 이 일에 대해 한 톨만큼도 몰랐을 뿐더러 그룹 내 타 자회사들은 건실한 경영을 유지하고 있으니까요. 하지만 대중도 그렇게 생각할 것인가 하는 건 또 별개의 일이 됩니다."

"사람들의 평가가 왜요?"

"뭐, 그건……."

유상훈은 말하기 힘들다는 듯 뜸을 들였고, 나는 그를 대신해 바통을 받았다.

"변호사님 말씀은 이 일로 정부가 대대적인 조광 죽이기에 들어갈지도 모른다는 걸 거야."

"정부?"

실은 안기부와 한배를 타고 있는 조세화는 그게 무슨 소리냐는 듯한 얼굴로 나를 보았다.

"정부가 왜……."

"지금 여당의 지지율이 별로 좋질 않거든. 이럴 때면 보통…… 보통이라고 말하긴 뭣하지만, 정부는 뭐라도 해서 지지율을 끌어 올리려 할 거야."

조세화가 딱딱한 얼굴로 나를 보았다.

"그리고 그 일에 우리 회사를 본보기로 삼기라도 한다는 거니?"

"가능성은 희박하지만 자칫하면 그럴지도 모른다는 거지."

조세화에게는 극단적인 가능성의 측면에서 이번 이야기를 전했지만, 그런 일이 벌어질 여지 자체는 충분했다.

'실제로 정부에서 특정 기업을 번제물로 바친 것쯤은 허다했으니까.'

더군다나 조광 그룹처럼 국내에서 손꼽히는 대기업의 계열사 중 한 곳이 마약 범죄에 적극적으로 가담했다면, 이만큼 좋은 먹잇감도 없다.

'하물며 그 일이 현재진행형으로 실제 벌어지고 있는 일이라면 더더욱.'

만에 하나 그런 일이 벌어지기 시작한다면 조세화가 믿고 있는 이빨 빠진 호랑이인 안기부도 손쓸 도리 없이 국내 여론과 정부 방침에 몸을 내맡길 터.

또, 그렇게 된다면 지금껏 준비해 온 합자회사 설립 건도 물거품이 될 여지가 크니 나로서도 마냥 이번 사태를 강 건너 불구경하듯 바라볼 수만은 없는 것이다.

'이 시대 정부에서 작정하고 여론몰이를 한다면 그야말로

온 국민이 조광을 물어뜯을 테고…… 내년에 터질 IMF도 조광 잘못이라고 몰아세울지 모르니 이휘철도 더 이상 방관하지 않고 조광과 잡은 손을 떼라 명령하겠지.'

털어서 먼지 안 나오는 사람 없다고, 정부에서 작정하고 세무조사를 시작하면 조광은 그때부터 그 이름이 역사의 뒤안길로 사라지게 되리라.

그러니 나로서는 죽 쒀서 개도 못 주는 이번 상황을 예의주시 할 필요가 있었던 것인데.

"그러면 성진이 너는 이 상황에 우리가 어떻게 하면 좋겠어?"

조세화는 내 경고를 한 귀로 흘리지 않고 진지하게 받아들였다.

"네 생각은 어떤데?"

응당 이번에도 내가 그럴듯한 해답을 내릴 것이라 기대했던 모양인지, 조세화는 내 물음에 조금 당황했다.

"응? 어…… 음, 나는……."

조금 미안하지만, 이 일의 해결책은 조세화의 입을 통해 나와야만 한다.

이윽고 진지한 얼굴이 된 조세화가 입을 열었다.

"지금 생각나는 건 두 가지야. 첫째는 어떻게든 광금후 사장을 보호하는 것. 그러려면 회사가 총력을 기울여 광금후 사장을 지원해야겠지."

그 일은 결코 쉽지 않을 것인 데다가, 그로 인해 광금후가 혐의를 벗게 되면 이후는 말 그대로 조광이 광금후의 손아귀에 떨어지게 된다.

조세화 입장에서는 눈 뜨고 회사를 광금후에게 넘겨주는 일이 되겠지만, 이는 조세화가 가문의 유산이기도 한 조광이라는 이름을 세상에 남겨 두기 위한 최후의 수단일 것이다.

'나중에라도 되찾아 오는 방법이 없지는 않지만…… 조세화가 그걸 알 리가 없고.'

어쨌거나 그게 조세화가 떠올린 첫 번째 방책이니, 나는 두 번째를 기대해 보기로 했다.

"두 번째는?"

"……."

조세화는 한참을 망설인 끝에 결심을 마치고 힘겹게 입을 뗐다.

"이쪽에서 먼저 처리하는 거야."

그 말에는 유상훈도 드물게 인상을 찌푸렸다.

"잠깐만요. 세화 씨. 제가 아무리 세화 씨에게 고용된 몸이고, 따라서 응당 비밀 유지 조항을 따라야 합니다만, 그 일에도 예외가 있습니다. 특히 그중에는……."

"저도 알아요."

조세화 스스로도 이런 이야기는 꺼내고 싶지 않았다는 양 그녀는 신경질을 내며 유상훈의 말을 끊었다.

"지금 광금후를 죽이자고 하는 게 아니에요, 저는. 저라고 그런 사람이랑 똑같은 인간이 되고 싶진 않으니까요."

"……."

조세화의 말에 유상훈은 묻고 싶은 게 많아진 모양이었지만 일단 침묵을 지켰다.

한숨을 내쉰 조세화가 흘러내린 머리칼을 귀 뒤로 쓸었다.

"짜증 내서 죄송해요."

"아닙니다. 계속해 보시죠."

"고맙습니다, 변호사님."

조세화는 초조한 기색으로 다리를 떨었다가 입술을 잘근 깨문 뒤, 고해성사를 하듯 입을 뗐다.

"실은 저, 광금후가 마약 범죄와 연루되어 있었다는 건 진작 알고 있었어요."

조세화의 폭탄 발언에 유상훈은 눈썹을 움찔했지만, 그는 끼어드는 일 없이 잠자코 있었다.

그 침묵 사이로 조세화가 말을 이었다.

"얼마 전…… 누군가가 알려 주더군요. 광금후가 마약 밀매 조직과 손을 잡고 있으며, 그가…… 저희 아버지를 살해하였다고."

이번에는 유상훈도 가만히 있질 못하고 눈을 동그랗게 떴다.

"예? 조설훈 씨를요?"

"그 사람 말로는 그렇다더군요."

"아니, 하지만 그게……."

유상훈은 저도 모르게 나를 힐끗 쳐다보아서, 나는 살짝 고개를 저었다.

나와 정보 공유를 끈질기게 하고 있는 유상훈이지만, 나도 그에게 조설훈의 죽음이 미심쩍다는 이야기만 나누었을 뿐 그를 살해한 범인에 대해서는 말하지 않았다.

그 대신, 내가 조세화에게 물었다.

"세화야, 그게 무슨 말이니? 광금후 사장이 너희 아버지를?"

"응."

"그거 확실한 거야?"

"……나도 관련해서 길게는 말 못 하겠지만, 정보 제공자의 말은 믿을 수 있어. 정확히 말하면 내게 그 말을 전한 사람을 믿을 수 있다기보다는…… 아무튼 그 정도만 알아줘."

조세화의 대답에 언젠가 내 지시로 곽철용의 뒷조사를 하다가 그가 안기부 소속 요원일지도 모른다는 결론 앞에서 발을 뺀 유상훈은 조세화가 말한 정보의 출처가 어디인지 알 것 같다는 듯 고개를 살짝 끄덕였다.

그렇다고는 하나 일개 변호사에 불과한 유상훈으로서는 당장이라도 발을 빼고 싶은 기색이 역력했지만.

"그러면."

유상훈이 힘겹게 입을 뗐다.

"지금이라도 경찰에 알려야 하지 않겠습니까? 조설훈 씨를 살해한 것이 광금후라면, 이번 일은……."

"어떻게요?"

조세화가 냉소했다.

"변호사님은 그 일에 개입했다는 물적 증거도 없고 알리바이도 확실한 광금후가 경찰 앞에서 그걸 솔직하게 진술할 거라고 생각하세요?"

조세화는 그런 식으로 날을 세워 말했지만, 본심은 다소 다를 것이다.

조세화가 생략한 내용 속에는 조지훈을 살해한 범인이 다름 아닌 자신의 부친인 조설훈이라는 사실이고, 그 일이 알려진다면 지금 쥐 죽은 듯 조용한 조지훈 파벌이 들고일어나 더 큰 혼란을 초래할 것이 분명했으므로.

나는 나대로 조세화의 말에 충격을 받았다는 표정을 짓고 있어야 했기에 대화에 끼어들지 않았고, 조세화는 그런 내 연기에 깜빡 넘어갔는지 쓴웃음을 지으며 나를 보았다.

"미안, 비밀로 해서. ……성진이 너만큼은 이 일을 몰랐으면 했거든."

지금부터는 연기를 해야 했다.

"아니, 나야말로. 나는 그런 줄도 모르고 오히려 너에게 그런 제안을……."

"아니야."

조세화가 고개를 저었다.

"말 그대로 성진이 너는 아무것도 몰랐는걸. 알았다면 내가 광금후와 손을 잡아야 한다는 그런 제안은 하지 않았을 거라는 것도 잘 알아."

이거, 속이 조금 뜨끔거리는군.

유상훈이 내 눈치를 살피며 끼어들었다.

"그래도…… 변호사 입장에서 말씀드리자면 세화 씨가 법이 규정하는 범위에서 일을 진행하셨으면 합니다만."

"오해하지 마세요. 저, 사람을 죽일 생각은 없으니까요."

마음은 그게 아니겠지만, 우리 앞이어서 그런지 조세화는 말을 아끼는 눈치였다.

"저는 어디까지나 광금후와 거래하고 있는 마약 밀매 조직을 이쪽에서 먼저 정리하고자 하는 거니까요."

사적 제재라, 그것도 법 위반인데.

나나 유상훈은 이 상황에 그런 말은 하지 않았다.

여기까지 오니 유상훈은 에라 모르겠다, 싶은 심정인지 의자에 등을 붙였다.

"하지만 세화 씨. 이제 와서 그…… 마약 밀매 조직을 공격하는 건 때늦은 감이 없지 않은 것 같습니다만."

"아뇨, 실은 이미 코앞이에요."

"……예?"

조세화가 담담히 대답했다.

"저에게 이 정보를 제공한 '조직'과 손을 잡고 그 일당을 소탕하기 직전이거든요. 지금은 그걸 얼마 뒤에 있을 임시주주총회 때까지 미뤄 두고 있었던 거지만…… 이렇게 된 이상 곧바로 실행에 옮기는 수밖에요."

"……그 조직과. 흠, 그렇습니까."

조세화의 그 과감성과 결단력에 나는 괜찮을까 싶을 지경이었지만 유상훈은 조금 안도하는 기색이었다.

만일 이게 조세화 개인의 단독 행동이 아닌 안기부와 연계해 펼치는 작전이라면, 정부의 해코지도 유야무야 넘어갈 여지가 있다고 생각 중이리라.

그러면서—입 밖에 내지는 않겠지만—아마 유상훈은 '그 야말로 공익을 위해서라면 수단과 방법을 가리지 않는 안기부나 할 법한 작전'이라는 생각도 하고 있지 않을까.

그때 조세화가 고개를 돌려 나를 보는 바람에 나는 움찔할 뻔했다.

"저번에 말했지? 구봉팔 아저씨. 실은 구봉팔 아저씨가 지방에서 그 일을 도와주고 계셔."

"아…… 그랬구나."

심지어 강이찬도 거기서 그를 도와주고 있지만, 나는 몰랐다는 양 고개를 끄덕였다.

'그나저나 구봉팔은 내게는 아닌 척해 놓고선 조세화에게

꽤 정기적으로 보고를 이어 간 모양이군.'

아마 구봉팔은 조세화냐 나냐 둘 중에 한 사람을 고르라면 조세화를 택할 것이다.

'그런 사람인 줄 알고 있었으니 서운하지는 않지만, 약간 괘씸하긴 하네.'

조세화가 말을 이었다.

"아무튼 그렇게 됐으니…… 우리는 지금이라도 그 마약 밀매 조직을 털어 내고 광금후와 연결 고리를 끊어야 할 것 같아요. 그게 제가 생각한 이번 사태의 두 번째 해결 방안이고요."

그 이야기가 조세화의 입에서 고백하듯 터졌다면, 앞으로 할 일은 한 가지뿐이다.

'남은 건 진행시키는 것뿐.'

유상훈은 조세화의 제안이 썩 내키지 않는 눈치였지만, 그 표정엔 조세화의 말마따나 현 시점에서는 그녀가 방금 전 제시한 두 번째 방안이 최선이자 차악의 선택임을 마지못해 납득한 얼굴도 포함하고 있었다.

"그렇다고 하니…… 일단 알겠습니다. 다만, 저는 세화 씨가 하려는 일에 대한 구체적인 내용은 모르는 채로 넘어가기로 하죠. 죄송합니다."

유상훈이 냉정하게 선을 그었지만, 조세화 역시 그런 유상훈의 입장을 이해해 주었다.

"아뇨, 변호사님이 저에게 말씀해 주신 내용 덕분에 저도 갈피를 잡을 수 있었으니까요. 신경 쓰지 마세요."

그러다 보니 유상훈은 조세화가 부산 조폭을 끌어들여 광남파를 칠 예정이라는 것은 알지 못한 채였지만, 속으로는 '안기부가 어떻게 해 주겠지' 하는 생각도 품고 있으리라.

"그러면 이렇게 정리해 볼 수 있겠군요."

유상훈이 입을 뗐다.

"광금후 사장은 이후 모종의 이유로 인해 저희는 잘 알지 못하는 자금줄이 사라지게 되고, 그에 따라 현 의장직이 위태롭게 될지도 모른다……. 그러나 조세화 씨가 여기 계신 이성진 사장님과 함께 계획 중인 합자회사 설립 건은 '어떻게든' 진행되는 것으로 알고, 저는 의뢰받은 법인 설립에 도움을 준다. 이러면 되겠습니까?"

"충분해요. 저도 이번 일로 합자회사 설립에 차질이 생기진 않도록 생각할 테니까요."

경찰의 개입으로 인해 상황은 예정보다 급박하게 전개된 셈이 되었지만, 그 결과는 다르지 않다.

'문제는 광금후를 처분하는 일이겠군.'

나나 안기부 입장에서는 조설훈 살해라는 죄를 뒤집어쓴 광금후가 곱게 사라져 주는 편이 안심이지만, 지금 조세화의 계획대로 진행된다면 광금후를 단죄하는 일은 뒤로 미뤄질지도 모른다.

그것도 조세화가 광금후를 '설득'하는 방식에 따라서 달라

질지 모르지만, 지금은 그 결과값을 예측하기 힘들게 되었다
고 할까.

'광금후에게 마약 밀매 혐의로 압수수색을 강행한 것으로
보아, 부산에서도 작전이 동시 진행 중이라는 걸 감안해야
겠지.'

어쨌거나 이로써 유상훈의 용건은 끝난 셈이니, 여기서 죽
치고 앉아 있을 시간은 없다.

조세화는 남은 주스를 마저 마신 뒤, 내게 말을 건넸다.

"그러면…… 성진이는 먼저 나가 있을래? 개인적으로 변
호사님이랑 따로 할 이야기가 있어서."

유상훈에게 따로 볼일이 있다?

그 말에 유상훈은 조금 난처한 얼굴이 됐지만, 나는 고개
를 끄덕였다.

"알겠어. 그러면 밖에서 기다릴게."

"응, 고마워."

조세화의 축객령을 받은 나는 사무실을 나섰다.

'조세화가 유상훈에게 무슨 볼일이 있는 건지는 모르겠지
만, 그 정도는 나중에 따로 전해 들으면 되니까.'

유상훈은 누군가에게 충성을 바칠 인물은 아니지만, 자신
에게 더 큰 이득을 가져다줄 인물을 신봉하는 경향이 있으
니까.

그리고 그 인물을 간택했다면, 최소한 그 대상을 배신하지

는 않는다.

전생에는 그 독특한 신념 때문에 결국 자신의 목숨을 잃는 결과로 이어지긴 했지만…….

'일단 두고 보자고.'

이성진이 사무실을 나간 뒤, 유상훈은 억지웃음을 지으며 조세화를 보았다.

"그러면…… 세화 씨가 이성진 사장님을 배제하고 저를 따로 보자고 하신 연유에 대해 들려주시겠습니까?"

유상훈은 은근슬쩍, 조세화가 '사적 수단'을 동원해 마약 밀매 조직을 배제하는 방법론은 듣지 않겠다는 뉘앙스로 말을 건넸지만.

"걱정 마세요. 정말로 개인적인 일이거든요."

"개인적인 일요?"

"예. 성진이에게 들으니, 자료 찾는 일을 잘하신다면서요?"

유상훈이 머리를 긁적였다.

"뭐, 일이 일이다 보니 가끔은 그럴 때도 있습니다만…….
상황에 따라 다르죠. 혹시 요청하시는 자료가 있으십니까?"

짧게 고개를 끄덕인 조세화는 핸드백에서 낡은 흑백 사진

한 장을 꺼내 탁자에 올려 놓았다.

"이 사람이 누군지 알고 싶어요."

"음……."

유상훈은 엉덩이를 슬쩍 떼며 사진을 들여다보곤 가식적인 미소를 지었다.

"사진만 갖고는 힘듭니다. 대략적이어도 좋으니 다른 정보는 없습니까?"

"……할아버지의 서재에서 발견한 사진이에요."

그러자 유상훈은 턱을 매만지며 다시 새삼스러운 눈길로 사진을 들여다보았다.

"할아버지라면 회장님의……."

"정확히는 잃어버린 시간을 찾아서, 라는 책에 꽂혀 있던 사진인데, 그러니까……."

"마르셀 프루스트의 책 말입니까?"

"네, 네. 그거요."

"하하, 회장님도 참, 그 읽기 어려운 책을……. 언제더라, 제가 대학생 때 사귈 뻔한 아가씨가 불문학과여서 여름방학을 통째로 바쳐 가며 읽은 책입니다만, 되돌아보니 무슨 내용이었는지 기억이 나질 않더군요."

"……."

"흠, 흠, 아무튼."

유상훈은 눈으로 양해를 구한 뒤 사진을 집어 들었다.

"그렇다면 이 사진이 책갈피로 쓰인 건가요?"

"그래요."

조성광 회장이 꽁꽁 숨겨 둔 사진이라.

조성광 회장의 성격이며 학력에 의식의 흐름 기법으로 쓰인 그 어려운 책을 탐독했을 것 같지는 않으니, 책의 내용은 둘째 치고 단순히 제목에 꽂힌 것이리라.

'조세화의 표정을 보니 그녀의 조모인 것 같지는 않고……. 조성광 회장이 한때 마음에 품었던 여인인가?'

조성광 회장이 꽁꽁 숨겨 둔 사진 속 여인이라.

그 자체는 흥미로운 일이고 전기소설이라도 쓸라치면 제법 괜찮은 소재로 갈무리할 내용이지만, 의뢰자가 그의 손녀이고 그녀에게 조성광 회장의 전기문을 쓸 의지는 보이지 않았다는 것이 관건이었다.

'그렇다는 건 무언가 조세화의 마음에 걸리는 점이 있단 것인데…….'

그도 그럴 것이 이 의뢰가 존경해 마지않는 할아버지의 빛바랜 추억을 들추는 것에 불과하다면, 이 긴박한 때에 무슨 연유로?

사진을 눈높이까지 들어 올려 바라보던 유상훈은 문득, 흑백 사진 속 여인과 조세화의 이목구비가 어딘지 닮은 것 같단 생각을 했다.

'조세화가 아직 어려서 이목구비가 채 갖춰지지 않았다는

것이며, 사진 속 주인공과 달리 조세화의 눈매가 날카롭다는 걸 제한다면…….'

이렇게 비교해 가며 보니, 조세화가 나이가 들어 성숙해지면 이 사진 속 여인처럼 변하지 않을까, 하는 생각마저 든다.

무언가, 냄새가 난다.

'……그러고 보니 조세화는 조설훈이 재가를 해서 얻은 자식이었지? 게다가 조성광 회장이 조세화를 무척 아꼈다는 걸 생각하면.'

받아 볼 만한 가치가 충분한 의뢰란 생각이 들었다.

"알겠습니다. 그러면 최선을 다해 보죠."

"정말이에요?"

조세화도 유상훈이 이렇게까지 흔쾌히 수락할지는 몰랐다는 듯 조금 놀랐다.

"예, 물론 쉽지 않은 일이 될 것 같기는 합니다만……. 최선을 다해 보겠습니다."

조세화가 고개를 꾸벅 숙였다.

"……감사합니다. 변호사님."

그리고 아마, 조세화 역시도 이 사진 속 주인공이 누구인가 하는 것은 어렴풋하게나마 짐작하는 모양이었다.

'이거, 어쩌면 사막에서 바늘 찾는 정도의 난이도는 아닐 거 같군.'

유상훈의 개인 사무실 밖, 책상과 의자를 빌려 서류를 검토하고 있으려니 조세화와 유상훈이 사무실에서 나왔다.

"기다렸지?"

"아니. 오히려 생각보다 일찍 끝냈단 생각인데."

"응, 별일 아니었거든."

정말 별일 아닐까?

내가 유상훈을 힐끗 쳐다보자 그는 고개를 돌려 딴청을 피웠다.

'뭔가 있긴 있었네.'

그건 나중에 유상훈을 추궁해 보기로 하고.

"그럼 갈까?"

내가 서류를 가방에 밀어 넣고 일어서자 조세화가 고개를 끄덕였다.

"그러면 안녕히 가십시오."

유상훈의 배웅을 받아 사무실을 나온 뒤, 우리는 조세화의 운전기사가 기다리는 차로 향했다.

"회사로 바래다주면 되겠지?"

조세화가 엘리베이터에 올라타며 던진 말에 나는 고개를 저었다.

"아니."

"응? 그러면 집?"

"아니야. 나는 택시 타고 갈 테니까, 바래다주지 않아도 돼."

의아해하는 조세화에게 나는 1층 버튼을 누르며 빙긋 웃어 주었다.

"너, 한동안 촉각을 다툴 만큼 바쁠 예정이잖아? 내가 차에 있으면 전화로 못 할 이야기도 잔뜩 있을 테고."

"……."

그제야 조세화는 얼굴에 띤 미소를 거뒀다.

"……미안. 비밀로 해서. 성진이 너는…… 이런 일을 몰랐으면 했거든."

모르기는커녕 속속들이 알고 있지만.

"아니야. 아까도 말했지만 사과할 필요 없어. 오히려……."

"……알고 나면 경멸할거라고 생각했어."

조세화가 주먹을 꾹 쥐었다.

"티를 내지 않는 것뿐이지, 실은 다들 알고 있잖아? 우리 집이 어떤 곳인지……. 내가 누구란 걸 알고 나면 선생들도 학생들도 다들 나를 무서워해. 실은 그래서 요즘엔 학교에 가지 않아서 후련해. 게다가 오빠는 사람을 죽이기까지 했어. 나도 그래. 솔직히 광금후 그 사람, 죽여 버리고 싶어. 나는……."

아무래도 조세화는 가슴 깊이 억눌러 온 온갖 울분이 이번 고백을 계기로 봇물처럼 터져 나온 것이겠지만, 이런 사춘기 시절의 감정적 급류는 알고 있다고 해서 대처가 용이하다는 것은 아니다.

'이거 참.'

나는 생각 끝에 팔을 뻗어 조세화의 손을 꼭 쥐어 주었다.

전생의 한성아도 이럴 때면 냉정을 되찾기도 했기에 그랬을 뿐이지만.

"힘들었구나?"

"아."

조세화가 눈을 동그랗게 뜨고 나를 보았다.

"괜찮아. 나는 네 편이니까. 내가 너를 경멸한다니, 그럴 리가 없잖아? 내가 네 상황이어도 그랬을걸."

"……네가 뭘 안다고."

"물론 똑같지는 않겠지만…… 너나 나나 나이에 비하면 무거운 짐을 짊어졌으니까. 사정 모르는 남들이야 남부러울 거 없는 재벌가에서 태어났으니 아무 고민도 없을 거라 생각할지 몰라도 나는 아니야."

"……."

"이것도 전부 다 회사를 지키고 싶어서 그런 거잖아? 원래라면 너도……."

조세화는 내 손을 뿌리치곤 고개를 돌렸다.

"다 안다는 듯 이야기하지 마."

"응."

조세화는 내게 얼굴을 보이지 않으려 하며 코를 훌쩍이곤, 엘리베이터 문이 열리자마자 앞장서 걸었다.

"그렇게 됐으니 한동안 연락은 못 할 거 같아."

"그래."

"나중에……."

조세화가 발걸음을 멈췄다.

"……나중에 다 끝나고 나면 그때 연락할게."

그리고 조세화는 운전기사가 열어 준 차에 냉큼 올라탔다.

조세화의 얼굴을 본 운전기사는 우리가 싸우기라도 했나, 싶은 얼굴로 내 얼굴을 물끄러미 쳐다보았지만 내 표정을 확인하고선 고개를 숙여 내게 묵례한 뒤 운전석에 올랐다.

나는 조세화가 탄 차가 멀어질 때까지 눈으로 배웅한 뒤, 차가 사라지자 몸을 돌렸다.

'사춘기란.'

사춘기 시절 터지는 감정적 격류는 당사자 스스로도 그게 이상하다는 걸 알고 있으니, 이땐 논리보단 공감이 더 중요하다는 걸 나는 경험으로 알고 있었다.

또한 보통 이런 감정적 격류는 자신이 의존할 수 있는 대상에게 터뜨리는 법이고, 가족에게 의존할 수 없는 상황에 조세화가 택한 것이 나였을 뿐이다.

'나도 참, 어떤 의미로는 신뢰받고 있는 셈이군.'

그나저나 내게도 사춘기가 올까.

'어쨌거나 지금 나는 나대로 내가 할 일을 해 봐야겠지.'

나는 곧장 엘리베이터에 올라타 유상훈의 변호사 사무실이 있는 층 버튼을 눌렀다.

"미스 심, 소금 어디 있어?"

"소금요? 없는데……."

"내가 저번에 사 두라고 누누이……."

그러고 나는 소금을 찾던 유상훈과 눈이 마주쳐, 그에게 빙그레 웃어 주었다.

"소금은 조금 있다가 찾으시죠?"

"……아, 아하하, 그게 말이죠, 소금 커피가 다이어트에 좋다고 해서……."

그래? 일단 그런 걸로 치지.

사무실에 들어온 나는 좌불안석인 유상훈 앞에 다리를 꼬고 앉았다.

"자, 그럼 설명해 보시죠."

"뭐, 뭐를 말입니까?"

"뭐긴요. 저를 건너뛰고 조세화를 만나려 하신 저의 말씀이죠."

"하하……."

유상훈은 억지웃음을 지었다.

"물론 사장님께도 보고드릴 예정이었습니다. 사안이 사안인데 제가 어떻게 감히 사장님을 배제하고 일을 진행하겠습니까? 저는 어디까지나 사장님이 워낙 바쁘셔서 시간을 못 낼 줄 알고…….”

“네, 네. 알고 있습니다.”

말이나 못 하면.

나는 조광, 특히 조세화와 커넥션을 만들고자 한 유상훈의 꼼수를 모르지 않았지만, 그쯤해서 넘어가 주기로 했다.

‘오너에게 신뢰받는 대기업 고문 변호사란 직함이야말로 모든 변호사의 로망이라고, 전생의 그에게 들었으니까.’

게다가 유상훈의 말마따나 이번 일의 중대함을 생각하면 내게 보고가 들어오는 것 역시 시간문제였을 것이다.

“이해해 주시는 겁니까?”

“정확히는 그러기로 한 거죠.”

“하하…….”

나는 쓴웃음을 짓는 유상훈을 보며 말을 이었다.

“그보다 어쨌건, 어느 정도 운이 작용하기는 했지만 이번 일은 잘해 주셨습니다. 마침 저도 이번 사태를 어떻게 끌고 가야 할지 고민이 많았거든요.”

내 말에 유상훈이 눈을 동그랗게 떴다.

“설마, 광금후에게 압수수색 영장이 나올 걸 알고 계셨습니까?”

“아뇨. 그건 저도 오늘 오전에야 처음 들은 이야기입니다. 그 출처는 밝힐 수 없지만요.”

하지만 유상훈은 내 말을 믿지 못하는 눈치여서, 나는 한숨을 내쉬었다.

"정말입니다. 광금후가 수사선상에 오른 일은 당초 제가 세운 계획이랑 어긋나는 일이에요. 더군다나 압수수색 영장까지 발부받았다니……."

그제야 유상훈은 내 말을 조금 믿는 얼굴이 됐다.

"그랬습니까? 저는 방금 전 사장님의 말씀을 듣고 사장님께서 힘을 쓰신 줄 알았습니다만."

"에이, 저한테 그런 빽이 어디 있어요?"

"왜 없다고 생각하십니까? 당장……."

나는 손을 들어 유상훈의 말을 제지했다.

"설령 있다 한들 이런 일에 그런 뒷배를 써 버리면 제 입장도 난처해지는걸요. 아까도 말씀드렸듯, 광금후가 압수수색을 받은 건 제 계획과도 어긋나는 일입니다."

유상훈이 마지못해 고개를 끄덕였다.

"그러면 원래 계획은 무엇이었습니까? 이번 일 만큼은 사장님도 저에게 도통 상의를 해 주시지 않아서 말이죠."

쓸데없이 한마디 덧붙이기는.

"그래요? 저는 변호사님께서 이 일에 깊이 연루되길 바라지 않는 것처럼 보여서 일부러 배려한 것이었는데……. 다음부턴 상의를 드리도록 하죠."

유상훈은 내 말에 자신이 본전도 못 찾은 걸 깨닫곤 쓴웃음을 지었다.

"실언했습니다."

"아뇨. 뭐, 이제는 변호사님도 이번 일과 아주 무관하게는 되지 않았으니……."

"정말입니다."

유상훈이 넌더리가 난다는 듯 고개를 저었다.

"설마하니 신진물산이 마약밀매와 연루되어 있었다니. 뿐만 아니라 조설훈까지 죽였다고요? 그렇게 과감한 사람인 줄은 미처 몰랐습니다. 저도 사람 보는 안목을 좀 키워야겠군요."

아니. 유상훈이 본 광금후의 평가가 맞을 것이다.

그는 소인배다.

상황이 이렇게 흘러온 것은 결코 그가 원해서, 작정하고 바라서 닥친 상황이 아니었다.

광남파의 마약밀매 건조차 재기에 성공한 광남파가 멋대로 광금후의 이름을 파는 것이나 다름없었고.

'특히 조설훈 살해 건은…… 더더욱.'

유상훈이 내게 물었다.

"그런데, 원래 계획은 뭐였습니까?"

"단순합니다."

나는 담담히 유상훈의 말을 받았다.

"현 시점에서 조광 그룹 임시주주총회의 의장을 맡을 만큼 가장 영향력이 큰 광금후를 이용해 합자회사 설립 안건을 통과시킨 후, 광금후의 비리를 폭로해 그를 경질시키는 것으로 그의 조광에 대한 영향력을 대폭 축소시킬 예정이었죠. 그러기 위해 광금후가 조세화의 후견인이 되려 협상하려는 순간에 이번 일이 터진 겁니다."

잠자코 내 말을 들은 유상훈이 눈을 가늘게 뜨고 나를 보았다.

"그렇다는 건, 사장님께선 혹시 광금후에 대한 일을 다 알고 계셨습니까?"

"안다고 해야 할지, 일부지만요."

나는 고개를 저어 가며 거짓말을 했다.

"광금후가 조설훈을 처리했다는 건 저도 몰랐습니다. 알았다면 저도 이런 계획을 세우지는 않았겠죠."

아무리 유상훈이라 할지라도 내가 그 모든 걸 알고서 조세화를 이용했다고 하면 내 인간성에 대해 학을 떼며 경계할 것이므로.

다행히 유상훈은 내 거짓말을 눈치채지 못한 것 같았다.

"그러면 마약밀매 건은 알고 계셨단 의미군요?"

그러기는커녕 그는 오히려 내가 그걸 알고 있었다는 것에 놀란 눈치였다.

"뭐, 이런저런 일이 있어서 말입니다. 광금후가 구봉팔을 습격하는 바람에 관련 정보를 캐다 보니 알게 된 거죠."

"흐음······."

유상훈이 턱을 긁적였다.

"그가 구봉팔도 공격했습니까? 이거 참, 당최 뭐 하는 사람인지······. 이래서야 그간 조성광 회장의 그늘에 가려 대악당이 활약하지 못한 거라고밖에 볼 수가 없군요."

하긴, 그 부분은 나도 의외라고 생각하고 있었다.

광금후 같은 소인배가 작정하고 벌인 일이라면 구봉팔을 견제하려 든 그 습격이 유일한 일탈일 것인데, 생각하면 할수록 왠지 그가 할 법한 일이 아닌 것 같단 생각이 들고는 한 것이다.

'충동적으로 저질렀나, 생각하면 뒤처리도 무척이나 깔끔했고······.'

뭐, 소 뒷걸음질 치다가 쥐 잡은 격이라고 생각하면 못할 것도 없다고는 보지만.

"어쨌거나 그 일로 구봉팔과 강이찬이 부산으로 내려갔고, 지금은 부산 조폭들을 규합해 광남파를 칠 준비를 마쳐 둔 상황입니다."

유상훈은 내 말을 들으며 어처구니가 없다는 듯 입을 헤벌렸다.

"이미 할 건 다 했군요. 조세화가 나름 자신만만해하던 것이 이해가 갑니다."

"그럼요. 어쨌거나 안기부도 도와주고 있으니까요."

내가 안기부를 언급하자 유상훈이 펄쩍 뛰었다.

"설마 했는데, 진짜입니까?"

"제가 변호사님을 속여서 뭘 얻겠습니까. 그 왜, 그쪽이랑은 일산출판사를 인수하면서 아주 잘 알게 된 사이라고만 해두죠."

유상훈은 한숨을 내쉬곤 사무실에 비치된 소형 냉장고를 열어 냉수를 벌컥벌컥 마셨다.

"후우, 그러면 안기부가 그 마약밀매 조직 소탕에 협조하고 있다는 건 알겠습니다. 그런데 그들이 그렇게 하는 이유가 뭡니까?"

"뭐겠습니까, 공익을 위한 일이겠죠."

"그런 일이라면 경찰을 통하는 것이……. 아뇨, 아닙니다."

유상훈은 이 이상 파고들어 봐야 자신에게 득될 것이 없으리란 걸 깨닫곤 얼른 입을 다물었다.

"아무튼 알겠습니다. 그러면 이번 일은 조세화가 말한 내용대로 진행될 거라고 보면 되겠군요."

"문제는 타이밍이죠."

나는 깍지 낀 손 위에 턱을 얹었다.

"당초 계획은 임시주주총회 일정에 맞춰 안건이 통과된 뒤에 광금후와 광남파를 칠 생각이었습니다만, 이제는 그 순서가 바뀌었습니다. 광금후가 자신의 자금줄이자 뒷배인 광남파가 괴멸했다는 걸 알고서 어떻게 움직일지도 미지수이고요."

"이 상황에서 최선은…… 모쪼록 경찰 측이 광금후와 광남
파라고 했습니까? 그 조직과 연결 고리를 알아채기 전에 진
행해야 한다는 말씀이군요."

"그렇습니다. 그 뒤로도 광금후가 의장직을 내려놓을지 아
닐지도 알 수 없고…… 광금후가 없으면 과연 주주들이 조세
화의 편을 들어줄지도 모르겠거든요."

그럴 경우를 대비해 터뜨릴 폭탄이 있긴 하지만, 그걸 쓰
는 건 말 그대로 최후의 수단이고.

"……흠."

유상훈은 잠시 망설이더니 몸을 앞으로 기울였다.

"그렇게 말씀하시니 저도 한 가지, 짐작 가는 부분이 있습
니다."

"뭡니까?"

"잠시만요."

자리에서 일어선 유상훈은 책상 서랍을 뒤적여 종이 한 장
을 들고 내게 다시 돌아왔다.

"조세화가 저에게 의뢰한 내용입니다."

"흠, 다른 사람 의뢰를 저한테 보여 주셔도 되는 거예요?"

"하하, 농담도. 어쨌거나 한번 보시죠."

나는 유상훈의 말에 그가 내민 종이를 받았다.

종이는 유상훈이 스캔을 떠서 인쇄한 것으로, 흑백사진이

원본인 듯한 이미지였다.

"이게 뭔데요?"

"조세화가 조성광의 서재에서 찾은 사진이라고 하더군요."

그 말에 나는 조세화가 박승환과 사전답사를 마치고 돌아오며 어딘지 묘한 표정을 하고 있던 걸 떠올렸다.

'그리고 이 사진 속 주인공을 찾는 일을 유상훈에게 의뢰했단 말이군.'

유상훈이 말을 이었다.

"조세화가 말하길 마르셀 프루스트의 잃어버린 시간을 찾아서 사이에 끼여 있던 사진이라고 합니다."

"흠……."

그러며 유상훈은 은근한 자부심이 묻어나는 얼굴로 내게 물었다.

"혹시 읽어 보셨습니까?"

"예?"

"'잃어버린 시간을 찾아서'요."

나는 또, 뭔 말을 하나 했네.

"아, 예."

전생에.

내 대답에 유상훈이 헛웃음을 터뜨렸다.

"사장님, 정말로 초등학생 맞습니까?"

"저도 그 내용을 이해한 건 아니지만요. 무척 읽기 힘들더

란 정도의 감상만 기억납니다. 지금은 주인공 이름도 기억이
안 나는군요."

그러니 유상훈은 내가 초인이 아니라는 것에 조금 안도하
는 얼굴이 됐다.

"그렇습니까. 흠, 흠, 뭐, 어쨌거나⋯⋯. 느낌이기는 합니
다만, 왠지 모르게 이 사진 속 주인공이 조세화를 닮은 것 같
다는 생각이 들더군요. 그래서⋯⋯."

유상훈이 말끝을 흐리며 뜸을 들이기에 나는 곧장 그가 말
하고 싶은 내용을 대신해서 입에 담았다.

"즉, 조세화에게 어떤 출생의 비밀이 있을지도 모른다는
건가요?"

"예, 바로 그겁니다. 아직은 저도 뭐가 뭔지 감은 안 오지
만 조세화의 모친을 추궁해 보면 뭔가 정보가 나오지 않을까
해서⋯⋯. 문제는 그분께 어떻게 접근하느냐는 거지만요."

나는 가볍게 고개를 끄덕이곤 종이를 내려놓았다.

"그러실 거 없습니다."

"예?"

"조세화는 사실 조성광의 손녀가 아니라 그녀의 모친과 사
이에서 낳은 딸이거든요."

"아하, 그렇⋯⋯. 예?"

유상훈이 얼떨떨한 얼굴로 나를 보았다.

"지금 그게 무슨 말씀이십니까?"

"말 그대로예요. 조성광 회장은 말년에 조세화를 보았고, 조설훈으로 하여금 조세화를 자신의 딸로 키우도록 재혼까지 시켰던 겁니다."

그나저나 그 나이에 후사를 보다니 노인네, 정력도 좋지.

"뭐, 저도 그게 당최 어떻게 된 일인지 자세한 내막은 저도 모르지만요."

다만 이 사진을 보니 나는 조성광이 실은 꽤나 로맨티스트구나 하는 생각 정도는 했다.

'그것도 하필이면 마르셀 프루스트의 책 사이에 끼워서 말이지.'

물론 그도 그 책을 들춰 보지는 않았겠지만, 조성광이 남에게 알리고 싶지 않았던 은밀한 사생활 중 하나를 알고 나니 그가 조금 달리 보이기는 했다.

'이 사진 속 여자가 조세화의 모친과 무슨 관계가 있거나, 아니면 단순히 닮았거나 둘 중 하나겠지만.'

나는 문득 얼마 전에 죽은 박상대가 생각났다.

'박상대도 그런 인간이었지. 어쩌면 둘은 서로 닮은꼴이어서 서로가 끌린 걸지도 모르겠어.'

어쨌거나 나와는 상관없는 일이다.

유상훈은 그런 나를 물끄러미 보다가 진지하게 물었다.

"그건 근거가 있는 말씀입니까?"

나는 고개를 끄덕였다.

"그 유전자 감식 결과가 제게 있다고 하면, 대답이 충분하겠죠?"

"……하하."

유상훈이 헛웃음을 터뜨리며 의자에 등을 붙였다.

"조성광이 어째서 조세화에게 막대한 유산을 남긴 것인지, 이제야 조금 납득이 가는군요. 그가 조세화를 유독 아꼈던 이유도……."

유상훈은 잠시 생각에 잠겼다가 다시 입을 열었다.

"그러면 사장님께서는 조세화가 이 사실을 알아야 한다고 보십니까?"

그래, 그게 문제이긴 하다.

2장

조세화가 조성광 회장의 손녀가 아닌 친자였다는 것이 세
간에 알려질 경우, 현재 조광 그룹에 산재한 문제 대부분은
해결된다.

그도 그럴 것이 조광 그룹이라는 곳은 다른 어느 곳보다
조성광의 입김이 강한 곳이기도 하거니와, 그런 곳일수록
창업주의 피를 진하게 물려받은 인물에게 충성하는 경향이
있다.

그렇게 된다면 회장의 사랑을 듬뿍 받아 온 손녀가 두 아
들과 같은 정도의 유산을 상속받은 것에 대한 세간의 의혹을
종식시키는 일도 겸하게 될 뿐만 아니라, 파편화된 각종 파
벌의 전부는 아닐지라도 조세화가 큰소리를 칠 정도의 세력

은 모을 수 있을 것이다.

그러면 우리는 더 이상 광금후의 눈치를 볼 필요 없이 예정대로 일을 진행하기만 하면 그뿐.

다만 이건 어디까지나 일차원적인 비즈니스의 관점에서 그러하다는 것뿐으로, 그로 인해 오히려 조광 그룹이 지금보다 더 큰 혼란에 빠질 가능성도 존재했다.

어쨌거나 조세화가 경영 능력을 발휘하지 못할 정도로 어리고 미숙하다는 것 자체는 변함이 없으니, 어쩌면 저들은 우리가 설립하려는 합자회사에도 어떤 식으로든 관여를 하려 들지도 모른다.

'어디까지나 극단적인 경우를 떠올린 것뿐이긴 하지만, 만사 불여튼튼이니까.'

내 침묵이 길어지자 유상훈은 한숨을 내쉬었다.

"저도 사장님 생각과 같습니다."

"……그래요?"

유상훈도 조세화가 안고 있는 출생의 비밀이 밝혀질 경우 발생할 리스크를 고려하고 있는 것일까.

"예. 제아무리 현실이 드라마보다 기구하다고는 하나, 한창 예민한 사춘기에 그런 출생의 비밀 같은 걸 알게 되면 당사자는 큰 충격을 받지 않겠습니까?"

"……아, 예. 그렇죠."

뭔가 했더니, 그런 이야기였군.

유상훈도 어쩌면 생각보다 인간성이 괜찮은 사람일지도 모르겠다.

최소한 나보다는.

어쨌건 조세화의 멘탈적 측면도 고려하지 않을 수는 없는 게, 이 일로 혹시나 조세화가 실의에 빠지기라도 하면 그건 당장 진행해야 하는 긴박한 일에도 지장이 생길지 모른다.

"다만 문제는……."

유상훈은 사진의 사본이 인쇄된 종이를 집어 들며 말을 이었다.

"저에게 이번 일을 의뢰한 것부터가 어쩌면 조세화 본인이 평소부터 느껴 온 위화감이 있기 때문은 아닐까 합니다."

"무슨 말씀입니까?"

"저도 애를 키우는 입장이어서 드리는 말씀입니다만, 애들은 어른들이 생각하는 것 이상으로 영특하더군요."

유상훈이 빙긋 웃으며 나를 보았다.

"물론 사장님처럼 대놓고 영특함이 드러나는 케이스는 예외입니다만."

"……아무튼 그래서요?"

유상훈은 잠시 뜸을 들이더니 입을 뗐다.

"저도 조세화를 만난 것 자체는 극히 최근의 일인 데다 조설훈은 만나 본 적도 없으니 가타부타 어떻단 말씀은 못 드리겠습니다만…… 조설훈은 조세화를 사랑했습니까?"

"예?"

조설훈이 조세화를 아버지로서 사랑했느냐고 하면, 글쎄.

전생의 이성진은 이태석을 피도 눈물도 없는 냉정한 사람이라고 평가했지만, 내가 이성진이 되어서 관찰해 본바, 이태석은 애정 표현이 서툰 인간일지언정 이성진을 자식으로서 사랑하지 않은 건 아니었다.

아니 오히려 지금은 어떤 의미로 보면 이성진을 혼쭐도 내지 못할 정도로 그를 금이야 옥이야 아낀 결과 그가 망나니로 자란 것이 아닐까 싶을 지경으로.

동시에 이성진의 인격 형성에 가장 중요한 시기, 이태석은 삼광전자 일로 눈코 뜰 새 없이 바빠서 맹목적 사랑밖에 모르는 사모에게 양육을 떠넘겨 아버지로서 자식의 롤 모델이 되지 못했다.

그런 의미에서 보자면 조설훈도 제 나름의 방식으로는 조세화를 사랑해 주었을지 모른다.

어쨌거나 그에게도 키운 정은 있을 것이므로.

그래서 나는 대답했다.

"부모가 자식에게 쏟는 애정 같은 건 개인적이고 상대적인 일이니까요. 저도 가타부타 어떻단 말씀은 못 드리겠습니다."

유상훈이 고개를 저었다.

"사장님의 주관에 의하면 어때 보였느냐는 겁니다. 그런 건 결국 당사자의 생각이 어떻건 간에 받아들이는 사람이 어떻게 느꼈느냐가 더 중요한 법이니까요."

그건 그렇지.

"더군다나 사장님께서는 조설훈과 조세광도 알고 지내는 사이였으니, 조설훈이 조세화를 대할 때 조세광과 차별을 두고 있었다고 하면 그게 어느 정도인가 하는 건 알고 계실 것 같아서 말입니다."

그야, 조설훈이 조세광과 조세화를 대하는 태도에는 차별이 있었지만, 그걸 알아낸 유상훈의 통찰력에는 나도 조금 놀랐다.

그런 내 표정을 읽어 냈는지 유상훈이 쓴웃음을 지었다.

"놀라실 거 없습니다. 앞서 말씀드렸듯 이는 결국 받아들이는 사람이 어떻게 느꼈는가 하는 거니까요. 형제, 자매, 남매가 부모의 사랑을 두고 경쟁하는 것 역시 당연한 일이고요. 사장님께서도 동생이 셋이나 있지 않습니까?"

지금 나야 부모의 사랑에 굶주리기는커녕 그 관심이 다른 동생들을 향해 주었으면 하는 바람뿐이지만, 전생의 한성아와 나를 떠올리면 그도 그런가 하는 생각은 든다.

'그땐 아버지가 동생만 챙기는 것 같아서 서운함을 느낄 때도 왕왕 있었던 것 같군.'

뭐, 그조차도 나중엔 내가 이태석의 바쁜 일정에 동행하느라 얼굴도 보기 힘든 아버지를 대신해, 한성아의 아버지 노릇을 대신하느라 그랬다는 자각도 못 할 정도이긴 했지만.

"즉, 변호사님 말씀은 조세화는 예전부터 자신과 조세광 사이에 조설훈의 차별 대우를 느끼고 있었을 거란 말씀입니까?"

"그냥 그럴지도 모른다는 거죠. 저야 전문가도 아니고, 이건 그냥 아이를 둔 아비로서 평소 고민이기도 하거든요. 게다가 이건 사장님도 알고 계시는 일이니 드리는 말씀입니다만, 조세화와 달리 조세광은 생일 선물로 골프장을 선물 받을 정도이지 않았습니까?"

물질로 따지면 그도 그렇군.

"게다가…… 조세광은 조성광의 병문안을 별로 하지 않았으니, 조성광의 애정은 조세화를 향했을 거란 추측도 가능하고요. 더 나아가자면 조세화 역시 자신이 부친과 숙부와 동등한 유산을 상속받은 것에 위화감을 느끼고 있었을 겁니다."

과연, 어른들은 모를 거라고 생각하지만 아이들은 자신을 둘러싼 환경에 민감하다는 것인가.

'애 딸린 유부남이어서 그런가, 이런 일은 나보다 더 깊게 볼 줄 아는군.'

그러니 유상훈의 말은 제법 새겨들을 만한 것이었지만.

"하지만 변호사님, 달리 보자면 이번 일을 조세화가 의뢰했다는 것 자체가 본인 스스로 어느 정도 각오를 마쳐 두었다는 방증으로 볼 수도 있는 일 아닙니까?"

유상훈 정도로 이 일을 깊이 고려한 바는 아니지만 내가 그간 이 사실을 조세화에게 알리지 않은 것 또한 유상훈이 우려하는 것과 같은 이유에서 그런 것이었는데, 그녀가 오늘 유상훈에게 '자신과—어쩌면 그녀의 모친과—닮은꼴인 사진 속 어느 여인'을 찾아 달라는 의뢰를 했다면.

'이제는 괜찮다는 뜻 아닐까?'

내심 그런 생각이 들었던 것이다.

"……때론 자신이 생각하는 게 사실이 아닐 거란 확신을 위해서 하는 케이스도 있습니다."

내 표정을 읽었는지 유상훈이 한숨을 내쉬었다.

"주위에 이혼 사건을 주로 맡아서 처리하는 변호사 친구가 있습니다만, 그 친구 말에 의하면 아무런 근거도 없이 배우자의 불륜을 의심하는 경우가 왕왕 있다더군요. 하지만 그런 의처증 혹은 의부증은 근거 없는 망상일 때가 많고, 실제로 배우자의 불륜이 확인되었을 경우 가장 큰 충격을 받는 부류 또한 그런 사람들일 경우가 많다고 합니다."

즉, 아니길 바라면서 상대를 의심하는 그런 심리인가.

"게다가 조세화는 한창 사춘기가 아닙니까? 이 시기의 청소년들은 자기가 뭘 바라는지도 모르는 데다가 대개 논리적 사고가 통용되지 않습니다."

거 신랄하네.

나도 동의하기는 하지만.

"그러면 변호사님 말씀은 조세화도 자신의 출생에 대해 어렴풋이 그러지 않을까 눈치는 채고 있지만, 내심은 그게 사실로 드러나지 않길 바란다는 거군요."

"바로 그겁니다."

유상훈이 손가락을 튀겼다.

"누구라도 자신이 실은 사생아였다는 사실은 받아들이기 유쾌한 일이 아니죠. 설령 그것이 현재 자신에게 도움이 되는 일이라 하더라도 말입니다. 그건 조세화라고 다르지 않다고 보고요."

하긴, 개중엔 자신의 손에 묻은 오물 냄새를 확인하면 불쾌할 걸 알면서도 맡아 보는 사람도 있으니까.

유상훈이 표정을 고쳐 진지한 얼굴로 내게 물었다.

"아니면 혹시 사장님께서는 조세화가 자신의 뿌리를 알아야 한다고 보시는 겁니까?"

솔직한 심경으론 그걸로 현재 산적한 문제 대부분이 해결될 것이기에 차라리 그것도 괜찮지 않을까, 생각했지만.

"……최소한 지금은 아닐 것 같군요."

내 말에 유상훈은 다소 안도한 얼굴로 고개를 끄덕였다.

"예. 저도 저희가 이 일을 무덤까지 가지고 가야 한다는 생각은 없습니다만, 지금은 시기가 좋지 않겠죠."

유상훈이 다시 사진 사본을 들여다보았다.

"다만 의뢰를 받기는 했으니 조세화에게는 어떤 식으로든 둘러대긴 해야 할 거 같습니다. 뭐, 사실 사장 한 장만 가지고 사람을 찾는 일이란 게 모래사장에서 바늘 찾기보다 힘든 일이니 어떻게든 실패하였습니다, 하고 보고하면 그만인 일이기는 합니다만……."

나는 고개를 저었다.

"문제는 그게 아닙니다."

"예?"

"조세화도 이번 일을 변호사님께만 맡기지 않고 있을 경우죠."

조세화도 또래에선 똑똑한 편이니 이번 일이 쉽지 않을 것은 물론이거니와 유상훈의 실패도 염두에 두고 있으리라.

"그러니 만약 조세화가 모친에게 이 사진을 가지고 가서 대놓고 물어보기라도 한다면……."

내 말에 유상훈은 떨떠름한 얼굴이 되었다.

"설마 사장님은 이 사진 속 인물이 조세화의 모친과 혈연관계일 거라고 생각하십니까?"

"아뇨. 사진 속 주인공이 생판 남에 불과한, 조세화의 모친과 닮았을 뿐인 조성광의 옛 사랑 정도일 수도 있죠."

얼마 전에 그런 케이스를 보기도 했고.

"하지만 지금 모친은 어쨌거나 조세화를 낳은 생모가 아닙니까? 그러니 어떤 식으로든 말이 샐지도 모릅니다."

"……흠."

조세화도 그녀의 모친에 대해서는 좀처럼 언급하는 일이 없었으니 그 사람이 지금 어떻게 지내는지는 잘 모르지만, 어떤 의미에서건 간에 연거푸 사람을 잃었으니 힘든 시간을 보내고 있으리라.

"그러면…….."

유상훈이 내게 진지한 얼굴로 물었다.

"어떻게든 조세화의 생모를 만나 입을 맞춰 둘 필요가 있겠군요."

나는 고개를 끄덕였다.

"예. 그럼 그 일은 모쪼록 잘 부탁드리겠습니다."

"……예?"

뭐, 아니면 내가 가라?

"의뢰를 받은 건 변호사님이지 않습니까. 그리고 저는 유상훈 변호사님의 실력을 믿고 있고요."

조금 사탕발림을 해 주니 유상훈은 마냥 싫지만은 않은 얼굴로 마지못해 고개를 끄덕였다.

"하긴…… 상식적으로 생각해도 그렇겠군요. 최소한 지금 일이 성사되기 전까지 시간을 끌 수 있도록 해 보겠습니다."

유상훈도 머릿속으로 이 일을 어떻게 풀어 가면 될지 아이디어가 떠오른 듯했다.

'그나저나 조세화가 그걸 알게 된다면, 나중에 그 정보를

자신의 힘으로 삼게 될까?'

그건 전생에도 없었던 일이니 나로선 어떻게 될지 모르는 일이었다.

그 뒤 유상훈과 이런저런 향후 대책을 의논하다 보니 시간이 꽤 늦고 말았다.

'조금 애매한 시간이 되고 말았군.'

나는 택시를 기다리며 손목시계를 들여다보았다.

'이대로 집에 돌아가도 그만이긴 하지만…… 조세화에게는 회사로 간다고 말해 두었으니 만일을 대비해 회사에 얼굴이라도 비쳐 둘까.'

조세화를 보낸 뒤 유상훈과 곧장 따로 추가 상담을 했다는 걸 그녀가 알게 되면 그 결과가 별로 좋은 일로 이어질 것 같지도 않고.

결정했다.

'회사로 가자.'

나는 회사로 향했다.

'고작 며칠 출근하지 않았을 뿐인데 회사에 오랜만에 가는 것 같군.'

달리 말하면 사장이 출근하지 않아도 알아서 잘 굴러가는 회사가 되었다는 것으로 해석할 수도 있겠지만, 그렇게 된다면 언제고 이휘철이 내 경영권을 빼앗아 갈지도 모른다.

'그럴 경우…… 나는 저항도 못 하고 내 피와 땀이 서린 이 회사를 빼앗기고 말겠지.'

그도 그럴 것이 회사의 추진력은 자본금이고, 우리 회사보다 자본과 인력이 빵빵한 삼광전자 측에 합병시키면 SJ컴퍼니는 더한 추진력을 얻을 거라는 게 일반적으로 떠올릴 경영 전략 상식이니까.

'그러니 지금은 이휘철의 변덕에 기대는 수밖에…….'

이럴 거면 그를 괜히 살려 두었나, 하는 얕은 후회도 들지만, 이휘철이 없으면 SJ컴퍼니 따위는 진즉 (그럴 만한 명분도 있는)모회사인 삼광전자에 흡수합병 되었을지도 모른다.

'뭐, 그러는 이휘철도 SJ컴퍼니의 유연성을 높이 사는 모양이니, 한동안은 안심해도 되겠지만.'

그렇다고 해서 마냥 방심은 금물이다.

회사에 도착하니 전예은이 아주 뒤늦게 사장 출근을 한 나를 반겨 주었다.

"오셨어요, 사장님?"

나는 짬짬이 작업한 서류를 가방에서 꺼내며 그녀에게 형식적으로 물었다.

"예, 별일 없었죠?"

"네. 아, 한 가지 있긴 했어요."

서류를 받아 든 전예은이 사장실까지 나를 따라오며 말을 이었다.

"실은 크리스가 회사에 다녀갔거든요."

크리스?

크리스라고 하면 백하윤이 미국에서 데려 온 바이올린 신동인데.

'그 꼬맹이가 회사에는 무슨 일로?'

나는 생각하면서 물었다.

"혹시 대표님도 함께 다녀가셨습니까?"

"아뇨. 오전에 바른손레코드에 가셨던 천희수 실장님이 데리고 왔어요."

하긴, 백하윤이 회사에 왔다면 전예은도 내게 보고를 했을 테니까.

그나저나 '다녀갔다'는 건, 지금은 회사에 없다는 것이리라.

'나도 한 번쯤은 그 애의 실물을 보고 싶었는데.'

뭐, 급한 것도 아니고 언젠가 보기는 하겠지만.

'오늘은 인연이 아니었던 모양이군.'

나는 고개를 끄덕였다.

"그랬군요. 그런데 크리스가 우리 회사에는 어쩐 일로 왔던 겁니까?"

"그게……."

전예은은 어떻게 말해야 할지 모르겠단 얼굴로 뺨을 긁적였다.

　뻔하네.

　"맞춰 보죠. 탁아였습니까?"

　"음, 너무 그렇게 말씀하시면 조금 그렇고……. 아, 저는 대표님께서 크리스로 하여금 다양한 사회 경험을 쌓게 하신 것이라고 생각합니다."

　미사여구를 붙여 가며 둘러대 봐야 백하윤이 애 보기를 우리 회사에 맡긴 것이란 의미는 변하지 않는다.

　'백하윤도 참 사람을 제 좋을 대로 부려 먹네.'

　그래도 그게 언짢기보다는 나라도 그랬을 거란 생각에 웃음이 나왔다.

　'출장으로 오래 자리를 비우기도 했고, 그렇다고 그런 꼬맹이를 집에 혼자 둘 수도 없을 테니까.'

　자랑은 아니지만 우리 회사만큼 마음 놓고 애를 맡겨도 좋을 만한 곳은 잘 없기도 하고.

　'……정말로 남한테 자랑할 일은 아니군.'

　사장도 초등학생인 마당에.

　나는 고개를 저은 뒤 전예은에게 물었다.

　"그래서, 크리스는 얌전히 잘 있다가 갔나요?"

　"네."

　전예은이 아무런 구김살 없이 활짝 웃었다.

"누구에게나 사랑 받을 만큼 귀엽고 착한 아이였어요. 때때론 저도 깜짝 놀랄 만큼 어른스럽기도 했고요."

"……그래요?"

호평이네?

"네. 그래서인지 다들 크리스를 가족처럼 잘 대해 주었어요."

직감이기는 하지만 왠지 비디오로 보았을 땐 한 성깔 할 것처럼 생겼던데.

'그냥 내 선입견인가.'

뭐, 다른 사람도 아니고 전예은이 그렇다고 하니, 나로서는 그러려니 했다.

'어쨌거나 내 주변에 전예은만큼 인물 평가가 정확한 사람도 없고.'

그에 비견할 만한 사람이라면 내 당숙인 이태준이나 조부인 이휘철 정도가 전부 아닐까.

아무튼 생각과 달리 크리스가 별로 손이 가지 않는 애였다는 건 내게도 나쁘지 않은 이야기였다.

"그렇군요. 어쨌건 별 탈 없이 안전하게 잘 놀다 갔다고 하니 다행입니다."

내 말에 전예은이 움찔하더니 슬쩍, 내 시선을 피했다.

"……설마 무슨 일 있었습니까?"

아무리 저쪽이 일방적으로 탁아를 떠맡겼다지만 몸이 재

산인데, 놀다가 다치기라도 했다면 이쪽이 굽히고 들어가야
한다.

"아뇨, 그게…… 다치거나 한 건 아닙니다만 저도 뭐라고
말씀을 드려야 할지……."

"……괜찮으니 말씀해 보시죠."

드디어 '건곤대나이'를 익혔다.

모니터 속의 남성 전사 '아무거나'는 크리스의 손놀림에 맞
춰 공격 스킬 '건곤대나이'를 사용했고, 그 칼부림에 사슴은
한순간에 유명을 달리하며 녹용을 떨어트렸다.

"하하하, 사슴 주제에 내게 덤비니까 그런 꼴을 당하는 거
다!"

그래.

이것이야말로 기나긴 인고의 시간을 거쳐 마침내 손에 넣
은 필살기.

다른 유저들이 마을에서 이 기술을 쓰는 걸 보며 첫눈에
반한 이후, 이걸 손에 넣기 위해 얼마나 노력해 왔던가.

그 과정을 돌이켜 보니 크리스는 가슴 깊은 곳에서 뿌듯함
이 차올랐다.

'흐음, 과연, 이래서 서민들은 게임을 즐기는 건가.'

크리스는 고개를 주억이며 다음 사냥감을 찾아 아바타를 움직였다.

'성장에 따른 명확한 피드백, 그리고 그에 따른 보상……. 들인 시간과 노력이 곧장 결과로 이어지는 세계이니, 가진 것 없는 서민들은 게임에서라도 대리 만족을 할 만하겠어.'

그리고 건곤대나이라는 필살기를 익힌 것에 그치지 않고, 플레이어로 하여금 오아시스를 찾아다니는 사막의 방랑자처럼 그다음 단계를 찾아 헤매게 만드는 절묘한 레벨 디자인까지.

'게임이라고 해서 마냥 우습게 볼 건 아니었군. 역시 뭐든 경험해 보고 판단해야 해. 그나저나……'

그런 깨달음과 함께 게임 속 1차 목표를 달성한 크리스는 의기양양한 얼굴로 고개를 돌렸다.

"봤죠, 아저씨? 제가 누누이……."

그런데 정신을 차리고 보니 자신을 이 게임에 입문시킨 임정주는 어디로 갔는지 보이지 않았고, 몰려든 적잖은 인파와 그 사이에서 쓴웃음을 짓고 있는 조인영과 전예은, 언제 와 있었는지 백하윤의 비서인 김유미가 보였다.

'응? 벌써 왔나?'

그리고 조인영이 김유미에게 말했다.

"이제 끝난 거 같으니까 데려가셔도 될 거 같습니다."

"네. 감사합니다."

"아뇨. 저희야말로……."

조인영은 괜스레 말끝을 흐렸다.

그보다 지금이 무슨 상황인지 갈피를 못 잡던 크리스는 무심결에 벽시계를 보곤 흠칫했다.

'시간이 벌써 이렇게 됐어?'

잠깐 임정주를 봐서 형식적으로 맛만 보려고 게임을 붙잡았을 뿐인데, 벌써 5시가 넘었다.

'무슨 시간이 이렇게 순식간에…….'

어안이 벙벙한 크리스에게 김유미가 빙긋 웃으며 다가왔다.

"그럼, 크리스. 이제 그만 돌아갈까?"

"어……."

조금만 더 하면 레벨업도 하는데.

아니 그게 아니라, 이 회사에 대한 자료 조사라든가 조광그룹에 대해서는 알아보지도 못했다.

……아니 자료 조사쯤이야 언제든지 할 수 있지만, 지금은 감히 최강의 전사(예정)인 아무거나를 쓰러트린 멧돼지에게 복수를 하는 게 먼저였다.

"멧돼지만 잡고 가죠."

크리스의 당당한 말에 김유미는 멈칫했다가 다시 미소를 지었다.

"안 돼."

"레벨 하나만 올리면 되는데……요."

그러자 김유미가 크리스를 안아 들었다.

"그러면 실례하겠습니다. 아, 그리고 오늘 하루 크리스랑 놀아 주셔서……."

"아니, 나는 멧돼지에게 복수를 해야 한다고!"

"……감사했습니다."

그렇게 김유미는 품 안에서 버둥거리는 크리스를 데리고 떠났다.

"재도전이라도 하게 해 줘! 리벤지!"

저 멀리 복도에서 들리는 크리스의 단말마 같은 목소리를 뒤로하며 조인영이 전예은을 보았다.

"……우리, 나중에 저쪽 대표님한테 혼나는 거 아닐까?"

"우리요?"

전예은이 빙긋 웃으며 고개를 갸웃했다.

"왜 우리죠?"

"응?"

"아뇨, 오빠. 아무것도 아니에요. 그런데 크리스에게 게임을 알려 주셨다던 임정주 사장님은 어디 가셨나요?"

새삼 느끼는 거지만 이 애는 웃고 있을 때가 제일 무섭다.

"몰라."

"……정말요?"

그리고 이따금 사람 속마음을 꿰뚫어 보는 것 같단 생각도 든다.

"아, 그게, 나도 형한테 애가 말을 걸어도 대답이 없다는 말만 듣고 와 본건데……."

"음."

"……솔직히 얌전히 잘 지냈으니까 된 거 아니야? 나도 엄연히 회사에서 내 일이 있고……."

"음……."

"……잘은 모르겠지만 죄송합니다."

그렇게 나는 크리스가 점심 식사 후 온종일 게임만 하다가 백하윤의 비서에게 도살장 가는 소처럼 끌려갔다는 이야기를 들었다.

"결국 가지고 온 바이올린은 켜 보지도 않고 돌아갔어요."

전예은이 한숨을 내쉬었다.

"죄송합니다. 저라도 관심을 기울였어야 하는데……."

"……아뇨."

어린이 게임 중독의 폐해라.

벌써부터 그걸 고민하게 될 줄은 몰랐는데.

그래도 나는 일부러 장래 사회 현상까지 대두될 일은 모른 척, 전예은에게 그럴듯한 말을 해 주었다.

"생각해 보면 크리스도 또래에 비해 갖은 고생을 한 셈이니까요. 오늘 하루 우리 회사에서 잠시 숨을 돌린 정도라고 생각하면 대표님도 이해해 주실 겁니다."

"……네."

전예은이 미소 띤 얼굴로 고개를 끄덕였다.

"그렇게 말씀하시니 저도 크리스에게 오늘 하루 휴식을 줄 수 있어서 다행이라고 생각해요."

그래도 임정주에겐 나중에 혹시 모르니 게임 연령을 12세 이용가 정도로 올리는 걸 고려해 보라고 해야겠다.

'나중에는 그쪽이랑 알력 다툼도 각오하긴 해야겠지만, 그렇다고 먼저 매를 맞을 필요는 없지.'

옛날에는 만화책이 학부모들의 적이었고, 오늘날 이 시대에는 대중가요, 나중에는 게임이 학부모들의 적이 되니까.

그리고 그런 학부모들의 입맛에 놀아난 정치권이 문화산업을 망친 것이 어디 하루 이틀 일인가.

'그나저나 바람의 왕국이 이 정도면, 최택진의 AC가 개발할 리니스를 붙잡았을 땐 답도 없었겠는데.'

전생에 돈 많고 시간 많은 여러 '린저씨'라 불리는 사장님들이 리니스에 돈과 시간을 쏟아붓던 걸 떠올렸더니 괜히 쓴웃음이 났다.

'그래서인지는 몰라도 다 잡은 물고기라고 생각한 최택진을 놓친 건 조금 아쉽군.'

역사가 바뀌었기 때문일까, 원래라면 한대전자를 퇴사하

고 넥스트를 창립해 리니스로 벤처 성공신화를 쓰는 최택진이지만, 이번에는 뭐가 끌렸는지 한대전자에서 인터넷 산업에 좀 더 투자를 이어 가기로 결정하면서 그대로 그를 업고 가 버린 것이다.

물론 임정주의 넥스트를 붙잡아 퍼블리셔 행세를 하게 된 것도 꽤나 고무적인 일이고, 충분한 성과를 기대할 일이기는 하지만…….

'이제는 또 뭐가 어떻게 바뀌며 이번 생의 내 계획에 훼방을 놓게 될지…….'

구봉팔이 전화를 끊으며 강이찬을 보았다.

"방금 세화에게 전화로 들었는데, 광금후의 신진물산에 경찰이 압수수색에 들어갔다더군."

호텔방 탁자 앞에 앉아 독서 중이던 강이찬이 읽던 책을 덮었다.

"오늘 들어갑니까?"

이유를 묻지 않는 게 왠지 강이찬답다고 생각하며 구봉팔은 고개를 끄덕였다.

"음, 갑작스럽기는 하지만."

"마침 휴가가 너무 길어지고 있단 생각을 하고 있었습니다. 그보다 형님은 괜찮으십니까?"

강이찬의 물음에 구봉팔이 픽 웃었다.

"그 정도 상처는 이미 나았어."

양아치들에게 칼침을 맞았던 구봉팔이 퇴원한 것은 불과 얼마 전이었다.

'솔직히 지금도 조금 욱신거리기는 하지만.'

건달에겐 허세도 무기인 것이니까.

강이찬은 구봉팔이 약간 허세를 부리는 중인 걸 알아보았음에도 군말은 하지 않았다.

"그러면 저는 오명태에게 연락 넣어 두겠습니다."

오명태를 한사코 매제라 부르지 않는 건 그의 고집일까.

오명태가 죽은 줄로만 알았던 자신의 동생과 결혼한 사이라는 걸 알고 난 뒤 며칠이 지났음에도 강이찬은 오명태와도 정보 교환차 통화만 몇 차례 했을 뿐이었고, 동생을 만나러 가는 일도 당연한 듯 없었다.

'고집 하나는 알아줘야겠군.'

하긴, 그러니 안기부에서도 그를 정식 요원으로 쓸 생각을 접고, 부담 없이 쓰다 놓아 줄 장기짝 정도로 여기는 것이겠지만.

속으로 생각한 구봉팔이 일어설 채비를 하는 강이찬에게 말했다.

"그러면 나는 최봉식 쪽에 연락을 넣어 봐야겠군. 그나저나 자네 상사는 아무런 연락도 없나?"

그가 말하는 상사란 물론 이성진이 아닌 김철수를 뜻하는 것이다.

"……아직 없군요."

그때 마침 강이찬의 대포폰에 전화가 걸려 왔다.

이거 양반은 못 되겠군.

강이찬은 쓴웃음을 짓는 구봉팔에게 고개를 끄덕인 뒤 전화를 받았다.

"예."

−김철수입니다. 혹시 상황 들으셨습니까?

평소 쓸데없는 소리를 덧붙이고는 하는 김철수도 단도직입적으로 용건을 꺼내는 걸 보니, 이번 일은 안기부도 예상하지 못한 사안인 듯했다.

"신진물산에 압수수색이 들어갔다는 정도는 들었습니다."

−좋습니다. 설명할 수고를 덜었군요.

심지어 정보의 출처도 묻지 않은 김철수가 말을 이었다.

−슬슬 부산 경찰 측도 움직일 모양이고, 시간이 없으니 빠르게 진행하죠. 금일 20시 전까지 소집을 마치고 광남파 본부에서 모이는 것으로 하겠습니다.

그사이 한 차례 덜컹하는 소리가 들린 것으로 보아 그는 지금 부산행 기차에 올라타 있는 듯했다.

−다른 질문은 없습니까?

예정한 시일보다 빨리 결행하게 되었다곤 하나 이미 숱하게 검토해 온 작전이니, 그에게 물을 건 없다.

-없는 것 같군요. 그러면 창원에서 봅시다.

김철수는 용건만 전달하고 전화를 끊었다.

아마 그는 이 통화 직후 여러 군데 전화를 더 돌릴 것이다.

평소 그답지 않은 모습을 보니, 안기부 내부에서도 꽤 긴박하게 돌아가는 작전이 된 모양이었지만 지금 강이찬은 불안보다 올 것이 왔다는 생각밖에 들지 않았다.

'길었군.'

오히려 약간 후련한 기분마저 들 정도로.

강이찬은 내면에서 피어난 감정이 몸의 긴장을 누그러뜨리지 않도록 눈을 감고 마인드 세팅을 새로 다잡은 뒤, 무표정한 얼굴로 눈을 떴다.

"그럼, 이후는 잘 부탁드리겠습니다."

"그래. 동생도 몸조심하게."

구봉팔의 말에 강이찬이 희미하게 웃었다.

"예, 형님도요."

신진물산에 경찰의 압수수색이 들어갔다는 소식은 광남파에도 닿았다.

어차피 그들 입장에서도 신진물산은 쓰다 버릴 용도였으니, 광남파에는 이런 비상사태를 대비한 계획 또한 수립하고 있었다.

광남파는 '김철수'의 제안대로 쓰다 버릴 카드인 오명태로 하여금 남은 가족을 빌미로 협박, 그에게 덤터기를 씌워 부산 사업장을 정리하는 한편, 사태가 잠잠해질 때까지 숨죽인다는 계획인 것이다.

이미 점조직을 통해서 활동하고 있는 광남파는 사람들에게 허깨비 같은 존재.

오명태가 모든 죄를 덮어쓰고 사라져 준다면 해외 마약 거래처와 연결 고리를 거머쥐고 있는 광남파에겐 언제고 다시 재기할 기회가 올 것이다.

물론 그런 광남파도 그들이 처음부터 안기부의 손바닥 위에 있고, 그들이 쓰다 버릴 패로 준비한 오명태도 안기부와 한패란 사실은 꿈에도 모르고 있겠지만.

성공에 도취되어 눈이 멀어 버리는 건 유수의 대기업에도 흔히 일어나고는 하는 일이었고, 그건 남들에게 떠밀리듯 이 자리로 올라선 광남파의 두목, 고두환이라고 해서 다르지 않았다.

그래서일까, 이를 '예상하던 상황'이라고 본 고두환이며 광남파 간부들은 이 일을 어디까지나 고작 '일어나면 골치 아픈 해프닝' 정도로 여기고 있었다.

오명태는 김철수로부터 고두환이 (김철수의 제안으로)그런 계획을 세우고 있었다는 걸 알고 난 뒤부턴 그들에게 일말의 의리조차 접어 버린 지 오래였다.

－명태야. 요즘 들어서 부산 조폭 놈들이 좀 귀찮게 군다지?

"예, 형님."

－그렇게 됐으니. 계획대로 그 새끼들한테 뭐라도 던져 줘라. 어쨌거나 체면은 세워 줘야지.

오명태는 전화를 받으며 인상을 찌푸렸지만, 대답만큼은 공손하게 했다.

"예, 이미 말씀하신 대로 조치를 취해 두었습니다."

－그래. 그러면 네가 거기 가서 귀찮은 일 좀 처리해 줘라. 나는 좀 바빠서.

바쁜 일이라고 해 봐야 얼마 전부터 맛을 들인 골프일 테지만.

"그러겠습니다, 형님."

오명태는 이번에도 역시 대답만큼은 공손하게 했다.

통화를 마친 오명태는 딱딱하게 굳은 얼굴로 전화기를 만지작거렸다.

아킬레스건인 아내와 아이는 이미 부산에 있는 호텔로 피신해 지내는 중으로, 오명태가 광남파 일에서 손을 씻었다고 생각하고 있는 아내는 모처럼 휴가를 냈는 데도 회사가 바쁜 거냐며 볼멘소리를 했지만 그녀에겐 지금 회사가 인수합병

건으로 바쁜 일이 많다며 둘러대고 있었다.

'어쨌건 준비는…… 이걸로 마쳤군.'

이제부턴 연극을 할 차례였다.

구봉팔은 바닷가 근처 찻집에서 최봉식과 만났다.

"진호 씨, 몸은 좀 괜찮습니꺼?"

최봉식은 구봉팔에게 그의 가명을 대며 안부를 물었고.

"예, 덕분에 쌩쌩합니다."

구봉팔은 자연스레 인사를 받았다.

"다행입니더. 서울서 오신 분이 부산에서 칼빵을 맞았다카이 영 체면이 안 섰는데. 내 언젠가 놈들 손꾸락이라도 짤라가 진호 씨에게 보내 주꾸마 걱정 마이소."

"하하, 뭐 굳이 그러실 것까지야."

구봉팔은 최봉식의 살벌한 말을 농담처럼 흘려보낸 뒤 표정과 어조를 고쳐 입을 뗐다.

"그나저나 최 사장님, 소문은 들으셨습니까?"

최봉식이 미소를 슬쩍 거두며 고개를 끄덕였다.

"하모예. 마침 그 일 때문에 모인 거 아니겠습니꺼."

경찰 쪽에 정보원이라도 있는지, 광금후의 신진물산이 압수수색에 들어갔다는 내용은 최봉식 귀에도 들어간 모양이었다.

'이 인간도 부산에 있어서 그렇지, 만만치 않은 작자야.'

최봉식이 너털웃음을 터뜨렸다.

"허허, 아무래도 서울 경찰들, 쪼까 유능한 모양이오. 우리도 그거 알아내는데 쌔가 빠졌는데……. 그래도 진호 씨가 힘써 주신 덕분에 난데없이 뒤통수 맞는 일은 없게 됐심다."

"아뇨. 그보다 최 사장님, 사람은 좀 모을 수 있을 거 같습니까?"

최봉식이 진지한 얼굴로 고개를 끄덕였다.

"예. 동호 금마 시켜갖고 애들 연장 챙기나라 했심더. 그라이 걱정일랑 하지 마이소."

빠릿빠릿하군.

부산 조폭 연합 입장에서도 이 일은 중차대한 일이다 보니 그들도 요 며칠간 만사 제쳐 두고 매진한 모양이었다.

'아마 분명 그 또한 실력만큼 야심만만한 인간일 테지.'

구봉팔은 그가 이번 작전의 내막이나 비밀을 어디까지 알고, 또 나중에 그게 드러났을 때 아군으로 남을지, 아니면 적으로 돌아서게 될지 조금 궁금했다.

만약 조설훈이 지금 자신의 위치에 있다면 추후 어떻게든 최봉식을 제거해 후환을 남기려 하지 않았을 테고, 조성광이 자신의 위치라면 그를 수용할 것이지만.

'뭐 거기까지 가면 조광은 손을 떼게 될 테니 내가 걱정할

바는 아닌가.'

어차피 이번 일이 끝나면 구봉팔이 대고 있는 가명의 주인인 '박진호'는 이 세상에서 사라지게 된다.

그때 문득 최봉식이 빙긋 웃으며 말을 건넸다.

"일 끝나기 전에 끝난 뒤의 일을 이야기하믄 복이 달아난다꼬는 카지만……. 그래, 진호 씨는 이 일이 끝나고 나믄 어떻게 하실 예정이오?"

구봉팔은 최봉식의 말을 다소 뜬금없다 여기며 대답했다.

"글쎄요. 잘 모르겠습니다. 아마 서울로 가지 않을까요."

"그라예. 그거 쪼까 아쉽네. 마, 진호 씨에게는 잘된 일이지만서도……."

최봉식이 입맛을 다셨다.

"내, 진호 씨가 부산에 있겠다 카믄 섭섭지 않은 제안을 할라캤소."

"저에게요?"

"예. 내 사람 보는 눈은 쫌 있다꼬 자부하는 편인데…… 진호 씨가 부산에 있으면 내랑 큰일을 할 수 있을 거 같단 생각을 하지 않았겠습니까."

"하하, 과찬이십니다."

구봉팔은 너스레를 떨며 그 주제를 회피해 보려 했지만 최봉식은 단지 빈말로 꺼낸 이야기가 아닌 듯했다.

"어데예. 내 진호 씨를 좀 알고부터는 서울에 계신 구봉팔

이사라카는 분이 솔찬히 부러웠소. 막말로 진호 씨처럼 진국인 인물을 어데 가야 볼 수 있겠소?"

"최 사장님께는 동호 씨가 있지 않습니까."

그의 오른팔인 서동호를 언급하니 최봉식이 쯧, 하고 혀를 찼다.

"우리끼리만 하는 이야기지마는 동호 금마는 아닙니더. 무식한 놈이 욕심은 많아 갖고, 분명 언젠가 한번 크게 경을 칠 거라예. 반면에……."

최봉식이 구봉팔을 물끄러미 보았다.

"진호 씨는 금마랑은 달리 사람이 무겁다고 생각하고 있소."

"……."

흠, 이건 역시 스카우트 제안인가.

최봉식은 구봉팔의 그런 생각을 꿰뚫어 본 듯 손사래를 쳤다.

"오해는 마시오. 나는 어디까지나 구봉팔 이사님이 부러워가 그라는 거니까. 글킨 해도 마, 한편으로는 그런 진호 씨가 서울서 무슨 사고를 치가 부산에 유배를 다 왔노, 혼자 생각은 하고 있었심다, 하하하."

"예……. 뭐."

구봉팔은 쓴웃음을 지으며 최봉식의 말을 받았지만.

'역시 만만치 않군.'

아마, 구봉팔 자신이 다른 입장이었다면 최봉식의 제안은 꽤 귀가 솔깃하게 들렸을 것이다.

　에둘러 표현하고는 있지만 최봉식은 사실상 박진호(구봉팔)에게 자신의 아래로 들어오기만 하면 차기 두목 자리를 물려주겠단 제안을 하는 것이나 마찬가지였으니까.

　'그래도 사람 보는 눈이 정확하다고 자평할 만은 해. 실제로 서동호는 이 상황에 딴 주머니 찰 생각을 하고 있는 모양이니까.'

　다만 그런 최봉식도 단락만 볼 줄 알았지, 그 눈이 핵심에는 이르지 못했다.

　'정작 최봉식도 바가지가 안에서 새고 있는 중이라는 걸 모르고 있어.'

　그리고 이런 일은 비단 최봉식이 있는 봉식이파에만 국한된 이야기가 아닐 것이다.

　세대교체를 바라는 부산 조폭들은 이번 광남파 공격을 계기로 저마다 들고일어서며 하극상을 벌여 댈 터.

　'……그리고 안기부는 그 어부지리를 노리려는 것이지.'

　안기부 내에 대체 어떤 인물이 이 판을 짰는지는 몰라도 구봉팔은 이 정도로 상황이 맞아떨어져 가는 걸 보면 그 인물이 마치 미래에서 이 사태의 과정과 결과를 미리 보고 온 건 아닐까, 생각할 정도였다.

그날 오후, 황혼에 물들 때 광남파와 부산 조폭 연합은 부산 어느 폐공장에 모였다.

마치 어디서 본 것처럼 전형적이라면 전형적인 광경이었지만, 이만한 범법자들이 한자리에 모이려면 폐공장 만큼 마땅한 장소가 없기도 했다.

김 교수는 이곳이 90년대 초, 한때 가구 공장이 잘나가던 시절 주인이 무리하며 확장하다가 폭삭 주저앉고 해외로 도피하여 소유권이 복잡하게 얽혀 지금은 말 그대로 그 누구의 땅도 아닌 곳이라는 말을 했다.

석동출은 김 교수의 그 아무래도 상관없는 이야기를 한 귀로 흘려들으며 주위를 살폈다.

공장에는 여기저기 험상궂게 생긴 떡대들이 담배를 피우거나 하며 두런두런 이야기를 나누는 중이었고, 개중엔 과거 조직 간 항쟁으로 맞붙기라도 했는지 서로를 말없이 노려보며 견제하는 무리도 있었다.

'이번 일만 끝나면 갈라설, 급조한 티가 팍팍 나는 연합이란 느낌이 물씬하군.'

이윽고 폐공장 입구로 검정색 세단 한 대가 미끄러지듯 들어왔다.

"역시나 일찍 왔군."

김 교수가 일방적인 잡담을 멈추고 세단에 시선을 고정했다.

"역시나?"

석동출의 물음에 김 교수가 대답했다.

"음, 다른 때라면 몰라도 오늘 만큼은 일찍 도착하는 것이 더 수월하거든요."

세단에서는 구봉팔과 최봉식이 함께 내렸고, 그들은 자연스럽게 김 교수와 석동출이 있는 곳으로 다가왔다.

"오랜만입니다, 최 사장님!"

김 교수가 너스레를 떨며 최봉식에게 인사를 건넸다.

"김 교수도 오랜만이오. 그동안 잘 지내셨소?"

"하하, 예. 덕분에 말입니다."

김 교수는 엄밀히 말해 조폭은 아니지만 한때 조폭과 안기부 사이에서 다리를 놓아 주던 인물인 만큼, 조폭 두목들과 두루 안면을 터놓고 지내던 인물이다.

그러다가 범죄와의 전쟁으로 대대적인 단속에 들어간 결과, 김 교수가 중개한 안기부와 조폭들 사이의 커넥션이 어느 언론의 특집 기사로 보도될 정도의 큰 사건으로 번질 뻔한 적도 있었지만 안기부는 어떻게든 힘을 써 김 교수를 빼냈다고, 김철수는 석동출에게 간략한 정보를 전한 적이 있었다.

'안기부가 지방 끝자락에서 그 정도로 노골적으로 뒷돈을

받아 챙겨 온 건 정부 입장에서도 예상하지 못한 일이었겠지.'

물론 김 교수가 따로 챙겨야 할 만큼 특별히 대단한 인물이어서 그런 것은 아니었고, 안기부에서도 김 교수의 가치를 알아보았기에 그를 이용하는 것뿐이지만.

그래서 지금 김 교수는 안기부의 안배대로 그들의 지시를 받아 조폭들의 동태를 감시하거나 지금처럼 조폭들 사이를 중개하는 역할을 도맡아 오는 중이었다.

이는 김 교수 입장에서도 나쁘지 않은, 괜찮은 거래였다.

'김 교수는 안기부를 이용하고 있다는 생각을 하는 모양이지만…… 내 생각엔 그 반대같군.'

석동출이 마동철이라는 위장 신분을 준비할 수 있었던 것도 김 교수의 공로가 컸다.

그의 VIP 고객이던 마순철과 함께 몰락할 뻔했던 김 교수는 석동출의 위장 잠입을 거절할 수 없었고, 지위와 명예를 모두 잃어버린 마순철 회장 역시 생판 처음 보는 석동출이 자신의 조카가 되는 일에 고개를 끄덕여야 했다.

어쨌거나 김 교수는 그간 안기부의 충실한 개이자 장기짝 노릇을 하며 지금은 광남파와 부산 조폭의 연합 회담 자리를 주선하고 있었다.

김 교수는 이 또한 자신의 외교적(?) 성과라고 자부하는 모양이나, 처음부터 끝까지 안기부의 손바닥에서 놀아난 것에 불과했다.

'광남파의 오명태라고 했던가, 그 인간조차 김철수가 부리는 장기짝이라 할 정도이니.'

최봉식과 인사를 주고받은 김 교수는 뒤이어 미간을 팔(八)자로 만들며 구봉팔에게 악수를 권했다.

"아이고, 진호 씨. 그날 불미스러운 일이 생겼다고 들었습니다만…… 몸은 좀, 괜찮으십니까?"

구봉팔은 담담하게 김 교수의 악수를 받았다.

"예, 지금은 괜찮습니다."

"이거 참, 제가 병문안을 가야 했는데……."

"하하, 워낙 바쁘시니까요. 이 자리를 만들어 주신 것만으로도 충분합니다."

그다음은 석동출의 차례였다.

"동철 씨, 오랜만에 뵙습니다."

"예, 진호 씨."

서로가 실은 누구라는 걸 알고 있는 석동출과 구봉팔 두 사람은 암묵적인 합의를 거쳐 긴 말은 나누지 않았다.

최봉식 일행과 인사를 나누고 있으려니 그 뒤 차례차례 각종 차량이 폐공장에 들어왔다.

다들 이번 '역사적인' 부산 조폭 연합 구성원들로, 구봉팔이 병원에서 신세를 지는 동안 강이찬이 그 대리로 며칠간 만나고 다닌 각 조폭들의 거두들이었다.

김 교수며 석동출, 구봉팔을 비롯한 신참내기는 모르지만,

부산 조폭 연합이 결성된 건 이번이 두 번째.

꽤나 짬밥이 쌓인 이들은 이 자리의 분위기가 요상한 것을 어렴풋이 눈치채고 있었다.

저번 연합은 조성광이라고 하는 거물을 상대로 똘똘 뭉친 동맹이란 느낌이었던 반면, 이번에는 광남파가 남길 콩고물을 두고 누가 더 큰 이익을 가져가는가 하는 말 없는 신경전 양상이 벌어지고 있었던 것이다.

겉에서야 '마약은 손대지 맙시다' 하고 하하 웃으며 말했지만, 모두가 그런 생각을 할 리는 없었다.

그래서 평소 같으면 누가 말미에 도착하느냐는 기싸움을 벌일 이들이—저마다 약간씩 차이는 있지만—다들 하나같이 약속 장소로 '일찍' 도착하여 약간이나마 이번 일의 기여도를 올릴 심산인 것이다.

'그래서 김 교수가 아까 전 최봉식이 오는 걸 두고 역시나 일찍, 하고 말을 꺼낸 것이었군.'

그리고 아마 저들은 최봉식이 여기 도착했다는 부하들의 연락을 받자마자 부리나케 차를 몰아 여기 온 것이리라.

이 일을 주선한 최봉식보다 일찍 도착하면 그건 그것대로 속내가 빤히 들여다보이는 일이고, 그렇다고 늦으면 늦는 대로 나중에 트집을 잡힐지 모르니 이게 전부 다 저마다 어떻게 하면 이 상황에 가장 큰 이득을 얻을지 머리를 굴린 결과였다.

'조폭들까지 정치질이라니, 나 원 참.'

석동출과 김 교수는 무슨 사장, 무슨 회장이라는 직함을 단 조폭 두목들 사이를 돌아다니며 인사를 나누었고, 황혼이 저물어 밤이 깊기 직전 어스름한 푸른빛이 사방에 가득 찰 즈음 회색 승용차 한 대가 천천히 폐공장에 진입했다.

그 차 엔진음에 모두가 짠 듯이 고개를 돌려 승용차를 보았다.

'젊군.'

모두는 차에서 내린 오명태를 보며 그렇게 생각했다.

연합에 소속된 각 거물들이 데리고 온 조폭들이 차에서 내린 그 근처로 조금씩 거리를 좁혔고.

차에서 내려 모두를 휘둘러본 오명태는 자연스럽게 조수석으로 돌아가 각진 서류 가방을 들고 그들에게 태연히 걸어왔다.

이처럼 죽을지도 모르는 곳에 태연히 걸어오는 걸 보면 아무것도 모르는 바보 멍청이거나, 담력이 세거나 둘 중 하나일 것이다.

그렇다고는 하나 이런 자리에 혼자 왔다는 건, 조폭들로 하여금 어느 정도 상대를 존중하게 만드는 연출인 것은 분명했기에 누구 한 사람 섣불리 그에게 말을 거는 사람은 없었다.

"창원에서 오셨습니까?"

김 교수가 그들 사이를 헤집고 얼른 앞으로 나섰다.

"예. 그러는 그쪽은?"

김 교수도 오명태는 초면이었다.

"전화로 말씀드렸죠. 김명훈입니다."

"오명태입니다."

아무리 한바탕 연극이라고는 하지만, 김 교수는 그가 정말로 담력이 센 인물인 것 같다고 생각했다.

"이쪽으로 오시죠."

오명태는 짧게 고개를 끄덕인 뒤 김 교수를 따라, 그 사이 조폭들이 낑낑대며 놓은 탁자로 갔다.

이런 상황에선 무슨 일이 벌어질지 모르니 실내에서는 만나지 않는 것이 그들 사이의 불문율이기도 했거니와…….

'이 와중 오명태는 보란 듯 혼자 왔으니…….'

제아무리 부산 조폭 거두들이 한자리에 모였다고는 하나, 여기서 그를 경계하는 건 말 그대로 '가오'가 상하는 일인 것이다.

그사이 부하 중 하나가 두꺼비집을 올렸는지 폐공장을 둘러싼 철조망 근처, 등이 깜빡이며 희미한 불빛이 그들을 에워쌌다.

"처음 뵙겠습니다. 오명태라고 합니다."

최봉식은 탁자를 사이에 두고 오명태의 인사를 받았다.

불빛을 받아서 보니 멀리서 보던 것보다 더 젊은 것에 최봉식은 조금 놀랐다.

"최봉식이오."

물론, 이런 자리에 이런 새파란 젊은이를 보낸 광남파의 수작질이 무엇을 뜻하는 것인지도 잘 알고 있었지만.

'그렇다고 이런 젊은이를 이 자리에서 죽여 버리긴 아깝군.'

최봉식이 의자에 앉은 뒤 손짓했다.

"앉으시오."

오명태는 군말없이 자리에 앉았고, 그가 앉기를 기다린 최봉식이 다시 입을 열었다.

"젊구만."

"그런 편입니다."

"근데, 오명태 씨 본인은 이 자리를 대표할 만하다 생각하시오?"

오명태가 담담히 답했다.

"일을 진행하는 데 나이가 중요한 건 아니라고 생각합니다."

그 말에 몇몇 조폭 두목은 어쭈, 하는 표정이었지만 그렇다고 이 자리에 모인 면면들을 봐서 섣불리 나서지는 않았다.

"좋소. 그짝이 책임자다 이거구면."

최봉식이 오명태를 지그시 바라보았다.

"그라믄 오명태 씨. 피차 서로가 유쾌한 자리가 아니란 것쯤은 알고 있을 테니 짧게 말하리다. 먼저 여기 계신 박신호 씨에게 사과부터 하시오."

그제야 오명태는 최봉식이 가리킨 구봉팔을 보았다.

'형님이 말한 게 저 사람이군.'

강이찬은 오명태에게 혹여 무슨 일이 벌어지거든 구봉팔을 의지하란 말을 전해 둔 것이다.

오명태는 앉은 자리에서 구봉팔에게 정중히 고개를 숙였다.

"저희 쪽 일로 불미스러운 일을 겪게 하신 것, 사과드립니다."

오명태가 누구라는 것을 강이찬에게 들은 구봉팔은 주위의 번득이는 시선을 의식하며 짧게 대답했다.

"말로만?"

"그럴 리가요. 저희 나름대로 가해자의 신변을 확보해 둔 상황이니 말씀만 하시면 그들은 이쪽에서 처리하겠습니다."

"흠."

그때 최봉식이 손을 들어 구봉팔을 부드럽게 제지한 뒤 입을 뗐다.

"성의가 부족하오."

최봉식이 무표정한 얼굴로 말을 이었다.

"말뿐이면 뭘 못할까, 그럴 거면 처음부터 그놈들을 이 자리로 끌고 왔어야지."

"필요하시면 조만간 자리를 만들어 보겠습니다."

최봉식이 고개를 저었다.

"그걸로는 충분한 것 같지가 않구먼. 애당초 이번 일은 다 그쪽이 우리를 무시하고 이상한 일을 벌였기 때문이요. 그라이 작금은 창원 촌구석에서 온 조직이 멋대로 우리 부산을 들쑤시고 다닌 것에 대해 충분한 설명이 필요할 끼요."

말이야 그렇게 하지만, 속내를 잘 들여다보면 구봉팔이 광남파 조직원에게 칼침을 맞은 것은 구실이자 해프닝에 불과하단 것이란 의미였다.

저들에게 중요한 것은 광남파가 가진 재산, 그들이 지금껏 벌어들인 수익 등에 대한 분배였고, 그건 이 자리에서 오명태를 토막 쳐 낸들 가질 수 없는 것들이다.

"그 점은 선배님들께 사죄드리겠습니다."

오명태가 고개를 꾸벅 숙였다.

"하지만 저희 입장에서는 동업을 제안하려 해도 여기 계신 누구를 만나야 할지 몰라서요. 그 부분도 이해해 주셨으면 좋겠습니다.

"이기 뚫린 입이라꼬."

누군가 그렇게 중얼거렸다.

최봉식도 오명태의 태도에 불쾌해하며 입매를 실룩였다.

"젊은이, 말을 조심하는 게 좋을 끼다."

"죄송합니다."

"……하기야 이런 자리에 자네 맹키로 새파란 젊은이가 온 것부터가 말이 안 되는 일이제."

뭐, 애당초 이쪽에서도 광남파가 죽어도 상관없을 버림패를 보내리라는 것쯤은 예상한 바였다.

지금 이 자리조차 광남파 본진을 치기 위한 성동격세를 위한 자리이기도 했고.

'마, 이쯤 해 두자.'

젊은이의 객기를 보는 일도 불쾌해지려던 차였으니까.

그래서 최봉식이 슬슬 신호를 주려고 할 때, 구봉팔의 시선을 받은 오명태가 얼른 입을 열었다.

"그렇다면 저희 나름의 성의를 보여 드리겠습니다."

"……성의?"

"예."

오명태가 각진 서류 가방을 들어 올리자 부하 중 하나가 나서려 했고, 최봉식이 손을 들어 제지했다.

"뭐꼬."

"샘플입니다."

잠시 멈칫했던 탁자에 가방을 올려놓은 오명태는 찰칵, 하고 자물쇠를 풀어 모두에게 내용물을 보였다.

거기에는 하얀 가루가 담긴 비닐팩이 한가득 담겨 있었다.

"……."

가방 속 내용물을 본 모두가 일순간 할 말을 잊었다.

'저게 돈으로 바꾸면 대체 얼마고?'

머릿속으로 계산부터 하는 이도 있었고.

'광남파 새끼덜, 점마를 마 가서 죽으라 보낸 기 아닌 모양 인데?'

한 걸음 더 나아간 계산을 하는 사람도 있었다.

견물생심.

정확한 시가를 알지는 못해도 그램당 얼마로 팔리는 게 마약이니 저 정도 양이면 못해도 수십억을 호가하는 금액이 서류 가방에 담겨 있는 것이다.

'……씁, 이거 봐라.'

최봉식은 오명태가 가방 속 내용물을 보이자마자 이 자리에 모인 이들이 모두 욕망으로 눈을 번뜩이는 걸 눈치챘다.

하긴, 마냥 그들을 탓할 수만도 없는 것이 최봉식 본인 스스로도 한순간 혹했으니까.

'아이다. 이러면 큰일 난다.'

놈은 지금 부산 조폭 연합의 분열을 조장하려는 중이다.

얼른 냉정을 되찾은 최봉식은 고개를 돌려 오명태를 노려보았다.

"니 지금 이기 뭐 하는 기고?"

그의 살기등등한 목소리에도 오명태는 꿀릴 것 없다는 듯 태연하게 대답했다.

"저는 지금 여러분께 지난 일의 사죄 겸 사업 제안을 드리려는 겁니다.

"제안?"

"예. 아닌 말로 솔직히 말씀드려 저희가 할 수 있는 일은 한계가 있습니다. 하지만 여기 모이신 여러분이 저희를 도와주신다면 저는 이 사업을 전국적으로 확장하는 것도 가능하리라 보고 있습니다."

오명태가 말을 이었다.

"여러분도 아시다시피 국내를 주름잡던 조광은 조성광 회장의 사후 지금 중학생에 불과한 계집아이가 오너가 되느니 마느니 하며 개판이 난 상태가 아닙니까? 그러니 지금이야말로 여러분이 이 사업을 통해 부산을 벗어나 전국구로 거듭날 기회라고 생각합니다만, 어떻게 생각하십니까?"

그 말에 솔깃하는 작자들이 생기기 시작한 걸 눈치챈 최봉식이 쾅, 하고 탁자를 쳤다.

"닥치라."

"……."

"천지 삐까리도 구분 못 하는 새끼, 지금 여기 조광에서 온 사람이 있는 것도 모리고 뚫린 입이라꼬 지껄이고 자빠졌나?"

이젠 숫제 반말에 욕까지 섞였지만.

"아, 그랬습니까."

오명태는 빙긋 웃었다.

"서울에서 오신 손님이 계신다더니 조광에서 오셨던 모양이군요. 마침 잘됐습니다. 이제 조성광 회장님도 세상에 안 계신데 이 기회에 어디 한번, 저와 손잡고 새로운 사업을 시작해 보시는 건 어떻습니까?"

이거, 아무리 짜고 치는 연극이라지만 이렇게 아사리판을 놔서야.

구봉팔은 자신이라도 끼어들어서 그를 말려야 하나, 아니면 그가 하는 양을 지켜보아야 하나 잠시 고민했다.

'어디까지가 연기이고 어디부터가 진심인지, 원.'

결국 최봉식이 결단을 내렸다.

"야들아, 저 새끼 잡아라."

그 말이 떨어지자마자 봉식이 파 소속 조폭 두 사람이 무리에서 튀어나와 오명태의 뒤통수를 붙잡고 탁자에 짓눌렀다.

"어어, 이거 왜 이러십니까?"

그 실감 나는 표정을 보니 이번에는 연기가 아닌 듯하다. 아니 이것도 연기일까?

"왜 이러십니까? 하, 문디 자슥, 니가 사람 새끼믄 감히 그런 말을 입에 담지는 몬 한다. 우리는 건달이지 양아치 새끼가 아니란 말이다."

최봉식이 부하에게 눈짓하자 부하는 장도리를 꺼내 그에게 건넸다.

"그런데 니가 으데서 감히 우리한테 약을 팔아 재끼잔 말을 하노? 으잉?"

최봉식이 장도리를 만지작거리며 말을 이었다.

"마, 됐다. 이리 됐으이 니도 저승 가는 길에 한 가지 알아 두라. 느그 조직 앞에는 이미 우리 애들이 쫙 진을 피고 있으니, 니들은 이미 끝이다."

최봉식은 그렇게 말한 뒤 부하 한 놈에게 눈짓을 보냈고, 부하는 핸드폰을 들고 구석으로 향했다.

광남파 본진을 치는 건 이제 결행되었다.

그 모습을 잠자코 보던 오명태가 침을 꿀꺽 삼킨 뒤 대답했다.

"그렇습니까? 오히려 잘됐군요."

"오히려 잘됐다?"

"예. 차라리 이 기회에 광남파를 거치지 않고 저를 통해 칼리 카르텔과 거래를 해 보심이 어떠십니까?"

"……칼리 뭐?"

"칼리 카르텔. 저희에게 물건을 대 주는 멕시코 조직입니다."

최봉식이 코웃음을 쳤다.

"치아라, 칼린지 카렌지는 내 알 빠 아이다."

"대국적으로 생각하십시오. 아시지 않습니까? 이건 여러분께도 큰돈이 되는 사업입니다."

"대국적?"

헛웃음을 터뜨리는 최봉식을 올려다보며 오명태가 대답했다.

"그리고 설령 여기서 저를 해하신들 득될 게 뭐가 있겠습니까? 저는 물건의 밀매 및 판매 루트를 다 전담하고 있는 현장직입니다. 그러니 차라리 저를 써서……."

"닥치라!"

최봉식이 일갈했다.

"건달한테 의리를 빼믄 시체나 다름없는 기다. 하물며 내가 제일 싫어하는 놈이 언 놈인 줄 아나? 내는 니처럼 입만 번드르르 살아 갖고 떠들어 샀는 그런 양아치 새끼인 기라."

최봉식이 장도리를 쥔 손에 힘을 주었고, 그때 김 교수가 잽싸게 끼어들었다.

"최 사장님, 고정하십시오. 저자의 말마따나 저희가 여기서 이자에게 해코지를 한들……."

"마, 비키소. 김 교수도 어데서 이런 놈을 데꼬 와가지고 귀를 더럽히는 기요? 내 오늘부로 김 교수를 다시 봐야 하겠소."

"하지만 생각하면 오히려 잘된 일이란 생각은 들지 않습니까?"

최봉식이 장도리를 쥔 손에 힘을 슬쩍 풀었다.

"뭔 소리고?"

"여기 있는 오명태 씨의 말을 달리 생각해 본다면, 저는 이자도 이제 조광에 끈이 떨어졌단 걸 알고 우리에게 붙기로 한 것이라고 볼 수도 있다고 봅니다."

그렇게 말하니 이 자리에 나온 구봉팔의 입장이 묘해지기는 했지만.

김 교수가 오명태를 보며 말을 이었다.

"또, 어차피 이 일의 주도권은 저희에게 있으니 벌써부터 괜한 피를 볼 필요도 없고 말입니다."

최봉식이 김 교수를 노려보며 눈을 가늘게 떴다.

'……뭐꼬. 설마 인마도 한통속이가?'

그렇게 의심을 시작한 최봉식이 장도리를 쥔 손에 다시 힘을 주자, 잠자코 있던 파라솔파 두목 양필두가 슬그머니 앞으로 나섰다.

"내 생각도 그렇소, 최 사장님. 역시 김 교수가 먹물을 마이 묵으가 아는 게 많네."

최봉식이 양필두를 보았다.

"필두 니가 뭘 안다꼬 끼노?"

"최 사장님도 참."

양필두가 픽 웃었다.

"보소, 최 사장님. 인마가 이리 해 샀는 거는 다 우리하고 좀 잘 지내 보자는 의미 아닙니꺼."

"그래서다."

최봉식이 장도리로 서류 가방을 가리키며 말을 이었다.

"니는 지금 인마가 이제 와서 우리하고 잘 지내 보자카는 게 말이 된다고 보나? 다 꿍꿍이가 있어서다."

"그라요? 내는 그래서 더 맴이 내키는데."

"뭐라꼬?"

양필두가 어깨를 으쓱였다.

"그라이까네 인자는 소위 목적 의식? 이라카는 게 좀 더 뚜렷해졌다, 이겁니다, 제 말은. 마, 이런 일이 아니믄 광남 파 아들이 이렇게 부산 조폭 두목들이 한자리에 모이는 자리를 만들 수나 있겠능교?"

양필두가 씩 웃으며 오명태를 보았다.

"그리고 내는 오히려 인마 배짱이 두둑한 게 꽤 마음에 드는데. 마, 니 오명태라캤나."

오명태가 제압된 채 대답했다.

"예."

그러며 양필두가 오명태를 제압 중인 최봉식의 부하들을 슬쩍 쳐다보았고, 그들은 어떻게 해야 할지 갈피를 못 잡은 채 최봉식을 바라보기만 했다.

'씁.'

최봉식은 지금이라도 장도리로 오명태의 대가리를 깨 버려야 하나, 생각했지만 다른 조폭 두목들의 시선에 하는 수 없이 목을 까딱였다.

구속에서 풀려난 오명태가 가볍게 어깨를 푸는 사이 양필두가 물었다.

"혹시 이거 다 팔믄 얼마쯤 나오노?"

"경우에 따라 달라지긴 합니다만 대략……."

오명태가 대답하자 주위가 조금 술렁였다.

"히야, 비싸네."

양필두가 픽 웃었다.

"그 돈이면 여기 있는 사람들이 몇 년 동안 놀고 묵으도 되겠다. 마, 그라믄 니 이거 팔아 보라카믄 다 팔수 있겠나?"

"어려울 것 없죠. 이런 건 워낙 수요가 넘쳐나니……."

최봉식이 끼어들었다.

"뭐꼬, 필두 니, 이거 팔아 치울라고?"

"와요. 아니믄 떡쳐가 다 묵으 치울라꼬예?"

양필두의 대답에 두목 몇몇이 비식거렸다.

최봉식은 손에 쥔 장도리를 의식하며 양필두를 노려보았지만, 양필두는 외려 모인 사람들을 한차례 둘러본 뒤 최봉식에게 물었다.

"팔아 치울끼 아니믄 최 사장님은 이걸 어케 하실 껜데예."

"바다에 버리 뿌지."

양필두는 그 대답에 어처구니가 없다는 듯 최봉식을 보았다.

"……뭐라꼬예?"

"왜, 글타고 니, 마약을 팔 끼가?"

"안 될 거 뭡니까. 사람을 두들기 패가 산에 묻어 뿌는 기는 괜찮고, 약쟁이들한테 약 파는 건 범죄라 이겁니꺼?"

최봉식은 그제야 아차 싶었다.

'엠병, 늦어 뿟네.'

여기 모인 이들이 저 물건의 어렴풋한 가격을 들은 시점에서 상황의 주도권은 이미 양필두 저놈에게 넘어간 것이다.

양필두도 그런 여론의 흐름을 피부로 느낀 듯 최봉식에게 이죽거렸다.

"글고 최 사장님, 우리는 최 사장님네랑 다릅니더. 최 사장님네야 이래저래 사업장을 여러 개 굴리고 있으니까네 구름똥을 싸질르는지는 몰라도예, 앵벌이로 묵고사는 우리 같은 사람들은 하루하루가 힘드요. 아들 밥이라도 한번 해 묵일라카믄 쌔가 빠진다 아입니꺼."

"……."

양필두의 말에 동조하는 이들이 늘어갔다.

아닌 말로 최봉식이 이 자리에서 마동철(석동출)을 제쳐 두고 회담을 진행하고 있는 건, 현재 부산 조폭 연합에서 가장 세력이 큰 것이 봉식이파이기 때문이라는 그들 간의 구속력이 약한 암묵적 합의가 있어서일 뿐.

그러니 엄밀히 말하면 지금 그가 부산 조폭 연합의 수장인 양 거들먹거리는 것도 어디까지나 다들 그 암묵적 합의하로 넘어가 주는 것일 뿐, 지금도 그가 선을 넘는 듯하다 여기며 이에 내심 고깝게 생각하는 이들이 숱했다.

그리고 양필두가 판도라의 상자를 열었다.

"또…… 솔직히 까놓고 말하믄 최 사장님이 이야기를 진행하고 있는 것도 그림이 좀 이상하지 않소?"

"뭐?"

"막말로 우리는 마순태 회장님 얼굴을 봐가 임시로 이 자리에 모인 거뿌이 아니오."

"……."

"그라이 원래 오명태 인마랑 이야기를 해야 하는 것은 최 사장님이 아니라 여기 마순태 회장님 대리로 와가 있는 마동철 씨다 이깁니다."

정론이었다.

다만, 정론이라 하더라도 그게 최봉식의 마음에 내키는 내용인가 하는 건 또 별개의 문제였다.

다만 여기서 젊을 때처럼 욱하고 연장을 휘두르지 않을 수 있었던 건 그가 노쇠해 가며 생겨난 인내심 덕분이리라.

최봉식이 픽 웃었다.

"필두 니 마이 컸네."

"거 최 사장님. 사람들 듣는 앞에서 필두, 필두 카지 마이소. 내도 어디 가믄 회장님 소리 듣는 위치요. 그라고…… 내가 옛날부터 최 사장님보다 키는 더 컸다 아입니꺼."

이 새끼가.

최봉식이 으르렁거리듯 목소리를 내리깔았다.

"······그리 치믄 서울서 오신 손님 얼굴을 봐가서라도 내가 인마 대가리를 깨 뿌야 할 텐데?"

"제 말은 그걸 왜 최 사장님이 결정하냐 이겁니더."

양필두가 구봉팔을 보았다.

"내도 듣는 귀가 있어가 아는데, 거 진호 씨라 캤지예? 진호 씨가 칼빵을 맞아 뿐 거는 안 된 일이자만 어쩔 수 없다 치더라도······ 진호 씨가 모시는 행님 입장에서는 마, 까놓고 말해서 점마들이 갖다 바치는 광금후 돈줄만 끊어 뿌믄 만사 오케이 아니요?"

모두가 구봉팔을 주목했고, 구봉팔은 담담히 대꾸했다.

"저는 이 이상 관여하지 않을 예정입니다."

그 순간 최봉식은 구봉팔 역시도 저들과 한패라는 걸 깨달았다.

최봉식은 그걸 깨닫자마자 장도리를 들어 올렸고, 그 순간 각 조폭들의 부하들이 저마다 품에서 무기를 꺼내 들었다.

과연 지금 누가 적이고 누가 아군일까.

그때 폐공장으로 요란한 사이렌 소리가 들렸다.

-깡패들 동작 그만!

그 뒤를 이어 경찰의 확성기 소리가 폐공장에 울려 퍼졌
다.

3장

"흐음……."

승합차 창문에 코를 바짝 붙인 채 물류 창고 건물을 뚫어
져라 쳐다보던 서동호가 얼굴을 뗐다.

"이거 쥐새끼 하나도 얼씬을 안 하노."

혼잣말을 중얼거린 서동호가 고개를 돌려 강이찬을 보았다.

"거 민수 씨는 어째 생각하시오?"

"……."

강이찬은 대답하지 않았다.

처음부터 강이찬이 고깝던 서동호는 대규모 전투 전 긴장
과 아드레날린이 더해져 괜한 시비를 걸었다.

"마, 니 내 무시하나?"

"……별로."

"인제야 말을 하네. 그나저나 니, 싸움은 좀 하나?"

"……."

강이찬은 대답 대신 모자를 눌러썼다.

"새끼, 쫄았노. 하기야 서울에서 온 샌님이 할 줄 알면 뭘 얼마나 하겠냐마는."

그런 싸구려 도발에 넘어 갈 강이찬이 아니었다.

'그나저나 반말을 자연스럽게 해 대는군.'

뭐, 그가 뭐라고 지껄이건 알 바 아니지만.

"옘병, 니 대신 차라리 진호 햄이 왔어야 했는데…… 하필이면 칼빵을 맞아 가꼬."

"……."

"마 됐다. 어쨌거나 발목이나 붙잡지 마라."

강이찬이 계속 상대를 해 주지 않자 서동호도 김이 샜는지 관심을 끊었고, 승합차에 탄 봉식이파 조직원들은 언제 튈지 모르는 서동호의 관심이 식은 것에 내심 안도했다.

사실 그들 입장에서도 이 정도 대규모 항쟁은 실로 오랜만이어서, 서동호를 비롯한 몇몇 극소수를 제외하면 이런 대규모 패싸움 자체가 처음인 놈들도 있을 정도였다.

그렇다고는 하나 각 조직에서 난다 긴다 하는 놈들만 모아 승합차로 도합 다섯 대.

광남파가 얼마나 큰 조직이건 간에 이 정도 전력이면 국내에선 당일 조직으로는 조광을 제외하고는 당해 낼 조직이 없을 것이다.

그런 것과 별개로 강이찬은 자신이 현재 스스로도 놀랄 만큼 냉정하다는 것에 의아할 정도였다.

이는 이를테면 마치, 언젠가 날씨가 좋은 날 이성진을 태우고 회사로 차를 몰 때처럼 약간의 의무감과 알 수 없는 만족감이 공존하던 때의 느낌과 유사했다.

그건 이제 곧 이 지긋지긋한 악연에 종지부를 찍게 되어서일까.

아니면 동생이 살아 있고, (인정하고 싶지는 않지만)행복하게 지내는 중이라는 사실에 오랜 시간 가슴속에서 태우던 복수의 불길이 사그라지기라도 한 것일까.

'……어느 쪽이건 느슨해져선 안 될 일이지만.'

강이찬은 머릿속으로—서동호의 방해로 중단된—광남파 아지트의 약도를 다시 한번 떠올리며 이미지 트레이닝을 재개했다.

'고두환의 처리는 내게 맡긴다고 했지.'

광남파 아지트는 얼핏 보면 평범한 물류 창고로 보이는 곳이지만, 광남파의 두목 고두환은 만에 하나 발생할지 모를 경찰이나 타 조직의 습격을 대비해 비상 탈출구를 만들어 두었다고 김철수는 전했다.

그리고 그 비상 탈출구의 위치는 지금 강이찬의 머릿속에 들어 있었다.

'그리고 나는 그를 찾아 방아쇠를 당긴다.'

강이찬은 품속의 권총을 의식하며 속으로 중얼거렸다.

그때가 오면 군대에서 숱하게 훈련받은 대로 방아쇠에 손가락을 걸고, 당긴다.

사람 목숨, 그 존재가 살아온 수십 년의 세월이란 이미 손가락을 몇 미리 움직이는 것만으로도 종지부를 찍을 수 있는 시대인 것이다.

자신이 이제부터 할 일은 단지 그뿐인 일.

강이찬 다음으로 시비를 걸 타깃으로 만만한 부하를 고른 서동호가 부하를 갈구며 즐거운 시간을 보내고 있을 때, 그 품속에서 핸드폰이 울렸다.

우우웅.

승합차 내부는 정적에 휩싸였고, 서동호는 이 자리의 팽팽한 공기를 느끼며 전화를 받았다.

"예."

-형님, 때가 됐습니다.

신호가 떨어졌다.

서동호는 곧장 핸드폰을 접은 뒤 드르륵, 승합차 문을 열고 앞장서 내렸다.

"연장 챙겨라!"

"예, 행님!"

서동호 측이 탄 승합차 문이 열리는 것을 시작으로 나머지 승합차에서 우르르 떡대들이 내리자, 갑작스레 가벼워진 승합차들이 휘청하고 흔들렸다.

승합차에서 내린 조폭들은 나름 일사불란하게 움직이며 각자 각목이며 야구 배트, 쇠파이프 등의 둔기를 꺼내 들었다.

쇠파이프를 꺼내 손에 쥔 서동호가 혼자 멀뚱히 팔짱을 끼고 선 강이찬에게 물었다.

"니는 연장 안 챙기나?"

"⋯⋯."

거 새끼, 똥재수인 건 여전하군.

'우짜든동 내 알 바 아니지.'

서동호가 쇠파이프를 어깨에 얹으며 앞장섰다.

"자, 드가자!"

"예, 행님!"

까르릉, 드르륵, 각종 흉기를 바닥에 질질 끄는 소리와 함께 일단의 무리가 서동호를 따라 광남파의 아지트로 들어갔다.

한편, 한창 이사 준비에 여념이 없던 광남파 조직원들은 갑작스레 들리는 웬 소음에 놀라 밖으로 나왔다가 우르르 몰려오는 일단의 무리를 발견하곤 기겁해 소리쳤다.

"공격이다, 공격!"

그걸 신호로, 부산 조폭들은 발걸음 속도를 바꿔 달려가기 시작했다.

"조져!"

이 기습에 광남파 조직원들은 제대로 된 대처도 못 한 채 입구를 내주었고.

깡!

"억!"

서동호가 휘두른 쇠파이프에 얻어맞고 주저앉은 광남파 조직원을 뒤따르는 조폭들이 곤죽이 되도록 두들겼다.

"시간 끌지 말고 빠르게 움직이라!"

"예, 행님!"

서동호는 그렇게 외치며 재정비를 위해 달아나는 광남파 조직원들의 뒤를 쫓았다.

부산 조폭들에게 기습을 당한 물류 창고는 그야말로 아수라장이 되었다.

여기저기서 욕설과 비명, 둔기로 가격하는 소리가 울려 퍼졌고, 무기를 챙긴 광남파 조직원들은 뒤늦게 그들에 맞서기 시작하면서 혼란이 가중되었다.

그 난투 와중에도 가장 돋보이는 건 단연 서동호였다.

각 조직에서 추린 떡대들이 모인 곳에서도 그들보다 머리 하나 정도는 더 큰 덩치의 서동호는 그 육중한 덩치에서 나왔으리라 짐작하기 힘든 빠른 속도로 움직이며 광남파 조직원들을 두들겨 댔고, 그 완력에 후속타는 필요하지 않았다.

"으쌰!"

깡!

회칼을 들고 덤비는 광남파 조직원의 머리를 후려쳐 쓰러트린 서동호는 전투의 흥분에 취해 입맛을 다셨다.

"그래, 건달은 이래야지."

그는 지금 간만에 '살아 있다'는 감각을 온몸으로 느끼며 전율하고 있었다.

그간 부산 조폭들은 경찰의 눈치를 보느라 몸을 사렸고, 무투파인 서동호는 특히 봉식이파의 그런 미적지근한 태도가 성에 차질 않았다.

송충이는 솔잎을 먹어야 하고, 조폭은 싸워야 한다는 것이 평소 서동호의 지론이었다.

'내는 역시 몸을 움직이는 게 적성에 맞는 갑다.'

최봉식은 그로 하여금 이런저런 일을 맡기며 자신의 후계자로 키워 내려 애썼지만, 영업장 관리니 회계니 뭐니 하는 건 서동호의 취향이 아니었다.

오히려 지금 이 순간처럼 사람을 패고 손에 그 느낌을 전달하는 것, 그것이 서동호가 이 세계에 발을 들인 이유였다.

'그나저나 그 샌님은 뭘 하고 있을꼬.'

서동호는 패주고 싶은 놈들을 찾으며 동시에 강이찬의 흔적을 눈으로 좇았다.

검은 모자를 눌러쓴 강이찬을 찾는 건 어렵지 않았다.

언제 거기까지 갔는지 강이찬은 물류 창고 계단을 올라 사무실로 향하는 개방된 길목에 서 있었고, 때마침 그 앞을 회칼을 든 광남파 조직원이 막아선 상태였다.

'새끼, 연장도 없이 가서는.'

배때기에 칼이 박혔을 땐 후회하기 늦는 법이거늘.

'……어?'

그런데 상황이 묘하게 돌아갔다.

회칼을 든 조직원 앞으로 성큼성큼 걸어간 강이찬은 마치 합을 맞추기라도 한 것처럼 상대가 휘두른 회칼을 피하더니 그 팔을 잡아당기며 손바닥으로 턱을 쳐 날렸다.

그 한 방에 조직원은 실 끊어진 인형처럼 맥없이 바닥에 쓰러졌고, 강이찬은 바닥에 쓰러진 조직원에게 눈길도 주지 않으며 그를 넘어 성큼성큼 발걸음을 옮겼다.

'……쫌 하네.'

서동호는 마냥 똥재수 벽창호라고만 생각했던 강이찬을 다시 보았다.

그러며 서동호는 동시에 조광이 전국구로 위세를 떨칠 수 있었던 건 저런 놈이 있어서일 거라고 생각했다.

'언젠가 점마랑 함 붙어 보고 싶구먼…….'

서동호의 상념은 길지 않았다.

"으아아!"

광남파 조직원 하나가 소리를 지르며 그에게 권총을 겨눈 것이다.

탕─!

강이찬은 저 멀리 들려오는 총성을 들으며 생각했다.

'시작됐군.'

어떤 의미에서 보면 기습은 꽤 주효했다.

사실 전력을 갖춘 광남파는 제아무리 부산 조폭 연합이 상대라 하더라도 이렇게 빠르게 무너지지 않는다.

그들은 해외 조직과 마약 밀매를 하며 조금씩 화기를 손에 넣었고, 대한민국 같은 총기 금지 국가에서는 단 한 정의 권총만 있더라도 곧장 비대칭 전력으로 작용하는 법이다.

그나마 다행인 건 이에 '신중을 기한' 광남파는 평소에는 총기를 무장하지 않고 이를 비상시에만 사용하기로 했다는 것으로, 지금처럼 허를 찌른 기습 작전에는 그들의 신중함이 되레 독으로 작용했다.

'빠르게. 하지만 너무 빠르지는 않게.'

강이찬은 머릿속으로 광남파 아지트 약도를 떠올리며 그 사무실로 직행했다.

너무 빠르게 목적지로 다다르면 제대로 된 무기를 갖춘 광남파 조직원들에게 둘러싸일 테고, 그렇다고 늑장을 부리면 고두환은 달아나고 만다.

'어쩌면 개중엔 SMG로 무장한 놈이 있을지도 모르고.'
그러면서 김철수는 무책임하게 덧붙였다.

「그래도 대부분이 미필인 전과자니까 별로 걱정은 안 들죠?」

이 사람이 마치 남의 일인 양.
'무슨 총알도 살살 맞으면 덜 아프단 것처럼.'
어쨌건 강이찬은 일단 최악의 상황을 상정하기로 했다.
그러니 지금처럼 부산 조폭들이 인력과 시선을 끄는 동안 고두환을 찾아가 그를 제압하는 것이 강이찬이 떠올린 계획의 일부였다.
설령 저들끼리 치고받다 누가 죽더라도, 강이찬은 자신이 그 어떤 심적 동요도 일으키지 않으리란 확신마저 있었다.
"죽어!"
그런 강이찬도 고두환이 있는 곳으로 향하는 동안 몇몇 잔챙이의 저항에 맞닥뜨리기는 했지만 동네 양아치 노릇하며 또래끼리 치고받아 본 게 전부인 아마추어의 엉성한 공격에 불과했다.
"컥!"
강이찬은 정확하게 턱을 얻어맞고 바닥에 쓰러지는 조직원을 빠르게 스쳐갔다.
'그렇다고 방심은 금물이지만.'

강이찬은 그런 몇 차례 난관을 기계적으로 처리하며 복도 안쪽으로 발걸음을 옮겼다.

탕!

강이찬이 복도 구석을 도는 순간, 귀청을 찢는 울림과 함께 강이찬이 바닥에 쓰러졌다.

"씨, 씻팔, 마, 맞혔다."

진짜로 총알이 나갈 줄이야.

양복 차림의 중년 남성은 덜덜 떨리는 손으로 총을 꾹 움켜쥔 채 강이찬이 쓰러진 곳으로 향했다.

"씨팔, 이게 대체 무슨……."

그때 죽은 줄로만 알았던 강이찬이 누운 자세에서 재빨리 권총을 꺼내 남자를 향해 총을 쏘았다.

탕! 탕! 탕!

배에 두 발, 머리에 한 발.

몸에 각인이 될 정도로 훈련받은 그대로였다.

풀썩.

강이찬을 쏜 남자는 비명도 지르지 못하고 두 눈을 크게 뜬 채 바닥에 쓰러졌다.

"……."

첫 살인이었지만, 강이찬은 스스로도 놀랄 만큼 별 감흥이 없었다.

'……나도 사람을 태연히 죽일 줄 아는 그런 부류였군.'

강이찬은 그런 자기분석까지 해 가며 몸을 일으켰다.

"……윽."

방탄복을 덧대 입긴 했지만, 총알의 운동에너지는 강이찬의 몸에 무시 못 할 충격을 준 모양이었다.

'그래도 임무에 지장이 있을 정도는 아니야.'

몸을 일으킨 강이찬은 지나가며 자신이 죽인 상대를 보았다.

'공교롭군.'

기억 속, 언젠가 부모님을 찾아와 협박하던. 그리고 동생을 끌고 가던 남자였다.

차림새를 보아하니 그사이 조직 간부가 된 모양이었다.

"……이걸로 하나."

강이찬은 자신도 그 뜻을 모를 혼잣말을 중얼거리며 계속해서 발걸음을 옮겼다.

⊕

광남파 두목 고두환은 사실 제 덩치값을 못하는 인물이었다.

고두환에게 명예를 안겨 주었다던 부친의 복수도 알고 보면 정말 우연히 벌어진 일이었고, 이는 당시 경찰들도 나름대로 정밀 수사를 벌여 그에게 혐의가 없다는 것을 입증하기까지 한 것이다.

그런 고두환이 지금 이 자리에 오를 수 있었던 것은 어디까지나 그 타고난 험상궂은 인상과 주위의 부추김 때문이었다.

가만히 있어도 주위에서 알아서들 떠받들어 주다 보니 고두환도 그런 세간의 평가를 은근히 즐겨 왔으나 그런 그의 인생에도 두 번의 위기가 찾아왔다.

첫 번째는 광남파가 꽤 승승장구하던 시절 정부가 전국적인 캠페인을 벌여 반사회적 조직을 소탕하던 당시였고, 두 번째가 바로 지금 이 순간이었다.

그는 당초 예정한 대로 부산 조폭들과 회담에 오명태를 찔러 넣고 조직은 알짜배기를 챙겨 잠시 숨어 지낼 심산으로 느긋하게 내부 정리를 하고 있었으나, 그들의 양동작전과 이번 급습은 고두환이 전혀 예상하지 못한 바였다.

어디서부터 잘못된 걸까.

마약에 손을 댄 이후? 아니면 어릴 적, 남들이 자신을 추켜세워 줄 때 그 오해를 바로잡지 않았을 때부터?

어느 쪽이건 간에 고두환은 그 인생에서 맞이한 두 번째 위기에 정신이 아득했다.

탕! 탕! 탕!

고두환은 저 멀리, 그의 개인 사무실 밖에서 들리는 총성에 흠칫하곤 떨리는 손으로 금고 다이얼을 돌렸다.

하필이면 이럴 때 손이 떨릴 건 무어란 말인가.

그리고 마침내 철커덕, 금고 자물쇠 풀리는 소리가 들렸다.

'됐다!'

고두환은 금고를 열어 그 안에서 몇 가지 채권과 금괴, 현금 다발과 멕시코 카르텔에게 선물 받은 리볼버를 가방 속에 쑤셔 박듯 챙기고는 몸을 일으켰다.

뒷문으로 허둥지둥 발걸음을 옮긴 고두환은 물류 창고 뒤편 공터에서 차에 시동을 걸어 두고 대기 중인 자신의 차로 향했다.

"오셨습니까."

그리고 고두환은 거기서 이 모든 일을 획책하고 광남파 재건에 도움을 준 조직의 브레인을 만났다.

"기다리고 있었나?"

"그럼요."

빙긋 웃는 김철수를 보며 고두환은 이유 모를 꺼림칙함과 본능적인 위화감을 느꼈다.

"다른 애들은?"

"이미 다 뛰었습니다."

그랬나.

고두환은 배신감에 치를 떨었다.

'개새끼들, 내가 해 준 게 얼만데.'

반면, 여기 있는 김철수는 냅다 뛰어 버린 다른 놈들과 달리, 충성스럽게도 자신을 기다려 주고 있었던 것이리라.

고두환은 김철수의 충성심에 가슴 한 곳이 따스해지는 걸 느꼈지만, 지난 세월 동안 해 온 허세는 그로 하여금 속마음과 조금 다른 말을 뱉게 했다.

"젠장, 부산 조폭 놈들이 함정을 파 두었을 줄이야. 혹시 알고 있었나?"

"그럴 리가요."

김철수가 고개를 저었다.

"알고 있었다면 저도 다른 수단을 강구하지 않았겠습니까."

그도 그렇군.

"그보다 자, 얼른 타시죠."

"아, 응. 그러지."

고두환이 자연스럽게 뒷좌석에 올라타려 할 때 김철수가 끼어들었다.

"아, 거기 말고요."

"응?"

김철수가 트렁크를 열었다.

"여기 타시죠."

고두환은 순간적으로 이 친구가 무슨 소리를 하나 싶었다.

"트렁크에 타라니, 대체……."

트렁크 안에는 비닐 시트가 깔려 있었다.

고두환이 의아해하며 고개를 돌리니 김철수가 고두환에게 총을 겨누고 있었다.

"……뭐야?"

"뭐긴요. 아직도 상황 파악이 안 됩니까?"

김철수는 싱글벙글 웃는 낯이었다.

"이제 광남파는 끝이란 소리입니다."

"이 새끼, 배신이냐!"

이 와중에도 고두환은 자신의 몸이 부들부들 떨리는 것이 분노 때문인지 공포 때문인지 모르겠다고 생각했다.

"배신?"

김철수가 픽 웃었다.

"뭐, 저는 그렇게 생각하지 않지만…… 정의하기에 따라서는 그럴지도 모르겠네요."

"그게 무슨……."

"아직도 모르겠습니까?"

김철수는 이 상황을 즐기는 것처럼 웃고 있었다.

"저는 처음부터 이러려고 했다는 겁니다. 고두환 씨, 당신은 제게 이용당한 거예요."

"……."

고두환은 그제야 지금 몸의 떨림이 분노가 아닌, 공포 때문이라는 것을 인지했다.

그에게 눈앞의 김철수는 마치 상위 포식자처럼 보였고, 그

인두겁 아래 눈빛은 왠지 장난 삼아 사냥감을 가지고 노는 짐승을 연상케 했다.

고두환은 마른침을 꿀꺽 삼켰다.

"여기서 나를 죽이면 칼리 카르텔이 가만히 있지 않을걸."

"아, 그쪽이랑은 이미 이야기를 마쳐 두었습니다."

"……뭐?"

"칼리 애들 입장에야 뭐, 거래만 지속되면 거래처의 두목이 누가 되건 하등 상관없다더군요. 아무튼 비즈니스를 잘 아는 친구들이에요."

이미 그 코쟁이 놈들 포섭까지 마쳐 둔 건가.

고두환은 저도 모르게 덜덜 떨리는 목소리를 꺼냈다.

"혹시 도, 돈이 필요한 거라면……."

"하하하."

김철수가 소리 내서 웃었다.

"정말, 이래서 이 짓을 관둘 수가 없다니까요."

김철수가 고개를 저었다.

"새삼 느끼는 거지만 호의호식하던 인간들이 죽기 직전에 보여 주는 이 비굴한 모습을 보는 건 참 즐거운 일입니다. 그래서 저는 이 일의 직업 만족도가 참 커요."

"……."

고두환은 김철수가 타고난 살인마라는 것을 깨달았다.

"어떻게 하건 나는 죽는 거로군."

그래서일까. 고두환은 마지막의 마지막에 와서야 남들이 선망하던 고두환의 모습이 될 수 있었다.

"죽일 테면 죽여라. 시간 끌지 말고."

"……호오."

김철수가 빙긋 웃었다.

"저도 마음 같아서는 당장 두목님의 그 소원을 이뤄 드리고 싶지만."

김철수가 고개를 돌려 고두환의 어깨 너머를 보았다.

"마지막 결정은 다른 사람에게 넘기기로 마음먹었거든요."

다른 사람에게?

고두환은 김철수의 시선을 따라 고개를 돌리고 싶었지만 지금은 그럴 수가 없었다.

"오셨습니까."

사무실이 텅 빈 것을 확인하자마자 냉큼 뒷문으로 내려온 강이찬은 김철수와 대치 중인 고두환을 발견하고는 멈칫했다.

김철수는 차 트렁크를 열어 두고 고두환에게 총을 겨눈 채로 그를 기다리고 있었다.

"……."

강이찬은 손에 쥔 권총을 움켜쥐고 그들 앞으로 갔다.

"지금 뭐 하시는 겁니까?"

"뭐 하긴요."

김철수가 권총을 고두환에게 겨눈 채 어깨를 으쓱였다.

"당신이 오기를 기다리고 있었죠."

"……."

"자, 그럼 저는 지켜보고 있겠습니다. 마무리하세요."

김철수는 선심을 쓰듯 뒤로 비켜섰고, 강이찬은 하는 수 없이 권총을 겨눈 채 그 자리를 채웠다.

"……."

그야말로 오랜 시간 바라온 일이었다.

지난 몇 년간 자신의 인생은 이 순간을 위해서 존재해 왔고, 강이찬이 받아 온 고된 훈련과 고통은 지금을 위해서였다.

그런데 선뜻 방아쇠를 당길 수 없는 것은 왜일까.

김철수는 그런 강이찬에게 보란 듯 손목시계를 힐끗 쳐다보곤 닦달했다.

"혹시 처음입니까?"

"……아뇨."

방금 전, 사람을 죽였다.

하지만 정당방위였던 방금 전 살인과 달리, 지금은 아무리 원수라지만 무저항의 상대를 죽이려 하는 일이다.

"……."

그리고 죽은 줄 알았던, 혹은 폐인이 되어 간신히 살아 있을 것 같던 동생은 행복하게 살고 있었다.

게다가 이자를 죽인들, 죽은 부모님이 살아 돌아오는 것도 아니다.

'그런데도 굳이, 죽여야 하나.'

고두환은 이미 이 일로 모든 것을 잃었다.

이제는 두 번 다시 지금 같은 재기는 불가능하다.

결국 김철수가 살짝 짜증을 냈다.

"얼른 하세요. 별로 시간이 없습니다. ……아, 혹시 죽는 게 더 나을 정도의 고통을 주고 싶어서?"

"아닙니다."

꾹.

차갑고 단단한 이물질이 고두환의 뒤통수에 닿았다.

"금방 끝내겠습니다."

총구를 타고 강이찬의 손에 고두환의 떨림이, 그가 마른침을 삼킨 진동이 전해졌다.

강이찬이 그에게 입을 뗐다.

"강찬훈이라고 아나?"

갑자기 무슨 소리지?

고두환은 의아해하며 대꾸했다.

"누, 누군지 모른다."

"내 아버지다. 너희들은 아버지와 어머니로 하여금 생명보험금에 들게 한 뒤 자살을 종용했지."

그랬군. 그런 거였나.

고두환이 인상을 찌푸렸다.

"……유감이군. 나는 그런 일이 있었다는 건 전혀……."

"그래, 몰랐을 거다. 너는 이름만 두목일 뿐인 허수아비에 불과했으니까. 아마 우리 가족 같은 케이스는 꽤 숱하게 있겠지. 하지만 그렇다고 해서……."

강이찬은 목소리가 떨리는 걸 느꼈다.

이성진 앞에서는 이미 부모님의 죽음을 받아들인 것처럼 이야기했고, 또 스스로도 그렇다고 생각해 왔지만, 사실 내심은 그렇지 않았던 듯했다.

원래는 그에게 자신이 범한 죄를 깨닫게 한 뒤 그를 죽이고자 했던, 강이찬 자신의 머릿속에 있던 계획조차 헝클어지고 말았다.

결국, 강이찬은 자신이 이런 상황에서는 방아쇠를 당길 수 없는 인간임을 인정했다.

"물어볼 게 있습니다."

강이찬이 하는 양을 우두커니 지켜보던 김철수는 대화의 방향이 갑자기 자신을 향하자 고개를 갸웃했다.

"예? 저요?"

"예. 이자를…… 살려 두기로 하면, 그만한 가치는 있을까요?"

김철수가 떨떠름한 얼굴을 했다.

"지금 이 인간을 살려 주자는 겁니까?"

"……그렇습니다."

"나 원 참."

김철수가 한숨을 푹 내쉬었다.

"뭐, 살려 둔다면야 추후 칼리 카르텔과 유착을 증언하는 정도의 가치는 있겠죠. 다만, 후회하지 않을 자신은 있으신 거겠죠?"

"……예."

그 대화를 들으며 고두환은 한 줄기 광명이 깃든 기분을 느꼈다.

'그나저나, 증언? 경찰이었나?'

고두환이 생각하는 사이 김철수가 고개를 끄덕여 강이찬에게 말했다.

"좋습니다. 어차피 복수 당사자는 제가 아니기도 하고요."

김철수가 권총의 안전장치를 채워 바지 뒤에 찔러 넣었다.

"그래도 고두환 씨, 뒷좌석에 곱게 태워 보내 드릴 수는 없습니다. 이해하시죠?"

"……그, 그렇소."

고두환이 냉큼 대답했다.

김철수는 그런 고두환을 향해 피식 웃었다.

"어쨌거나 트렁크 신세는 지셔야 하니 약간의 구속은 가해 두겠습니다. 자, 팔을 뒤로 돌려 주세요."

고두환은 순순히 시키는 대로 했고, 김철수는 바지 주머니를 뒤적여 케이블 타이를 꺼낸 뒤 고두환의 양손 엄지손가락을 등 뒤로 묶었다.

"······윽."

"저희도 경찰은 아니니 미란다 원칙은 생략. 그리고 고두환 씨는 지금 이 이름이 아닌 전혀 다른 이름으로, 죽은 사람처럼 지내야 할 겁니다. 안 그러면 칼리 카르텔이 저희도 상상하지 못할 방법으로 보복을 가할 테니, 딴마음은 품지 마시고."

"예, 물론입니다."

이젠 하오체도 아닌 존댓말이다.

"······개똥밭에 굴러도 이승이 낫단 거군요. 자, 알아들었으면 얌전히 트렁크에 들어가세요."

고두환은 그제야 '살았구나' 하고 생각하곤 김철수가 시키는 대로 양손이 묶인 채 트렁크에 누웠다.

'호랑이 굴에 들어가도 정신만 차리면 산다더니, 그 말이 정말이군.'

트렁크 바닥에 깔린 비닐 시트가 뺨에 달라붙는 게 별로 유쾌하지는 않았지만, 그래도 죽는 것보다는······.

그때 김철수가 자연스러운 동작으로 바지 뒤에 찔러 둔 권총을 꺼내더니 한 손으로 안전장치를 풀고 기계적으로 방아쇠를 당겼다.

탕!

고두환은 자신에게 무슨 일이 벌어진 건지도 모른 채, 두 눈을 크게 뜬 어리둥절한 얼굴 그대로 정수리를 꿰뚫렸다.

"지금 대체……!"

강이찬이 놀라며 김철수를 보았고, 김철수는 무표정한 얼굴로 다시 권총의 안전장치를 채워 바지 뒤에 찔러 넣었다.

"덕분에 트렁크 안으로 옮기는 수고를 덜었군요."

"지금 묻지 않습니까! 대체 무슨……."

"일입니다."

김철수가 어깨를 으쓱이며 트렁크를 닫았다.

"왜요, 아니면 정말로 살려 둘 심산이었습니까? 방금 전 강이찬 씨 스스로 그에게 부친이 누구란 이름까지 댔으면서요?"

"……."

김철수는 교활하게도 고두환이 죽은 건 강이찬이 입을 함부로 놀린 대가란 식의 비아냥거림을 뱉었다.

강이찬 또한 김철수의 말에 제대로 반박하지 못했다.

김철수는 고두환이 챙겨 온 가방을 뒷좌석에 실은 뒤 차지붕을 통통 두드렸다.

"그러면 먼저 가 보겠습니다. 시간이 꽤 지체되었거든요."

"……당신은."

강이찬이 김철수를 노려보았다.

"매번 이런 식이었습니까?"

"매번은 아니죠."

김철수가 빙긋 웃었다.

"가끔씩만 이럴 뿐입니다."

"……."

"아무튼 수고했습니다."

강이찬은 김철수가 내민 악수를 받지 않았고, 김철수는 어깨를 한 번 으쓱인 뒤 운전석에 올랐다.

"뒷정리를 부탁드리죠. 그럼 이만."

김철수는 창밖으로 손을 흔들어 보인 뒤 인적 드문 어둠 속으로 차를 몰고 사라졌다.

강이찬은 그 뒷모습을 물끄러미 바라보다가 주먹을 꾹 쥐곤 몸을 돌렸다.

깡패들에게 사람을 죽이는 것보다 더 힘든 것이 무엇이냐고 물어본다면 이런 대답이 나올 것이다.

"인자 이 뒤처리가 문제구먼."

서동호가 그렇게 중얼거리며 선적한 물류 박스 위에 앉아 담배를 입에 문 뒤, 강이찬에게 담배 한 대를 비죽 내밀었다.

"민수 니도 한 대 피워라."

강이찬이 고개를 저었다.

"피우지 않소."

"아, 그랬제."

서동호는 덤덤하게 대꾸하며 부하가 붙여 준 담배를 맛있

게 한 모금 태웠다.

"후우, 그래, 몇 놈이나 갔노? 함 세알라 바라."

"예, 형님."

부하는 서동호에게 담뱃불을 붙여 준 뒤 곧장 부상자들과 사망자를 헤아리려 자리를 떴다.

제아무리 난다 긴다 하는 광남파라지만 무력으로는 전국에서 알아주는 부산 조폭들이 연합해서, 그것도 그중 날고 긴다는 정예들만을 추려 급습을 가했는데 버텨 낼 재간이 있을 리가 만무했다.

다만 그렇다고 해서 부산 조폭 연합의 일방적인 승리는 아니었고, 부산 조폭 연합에서도 부상자들이 꽤 나왔다.

당장 서동호만 하더라도 지금 상의를 벗어 맨살을 드러낸 채 팔에 총이 스친 상처를 대강 거즈로 덮어 두고 있었으니까.

서동호는 개중 강이찬이 총으로 쏘아 처리한 간부 시체를 힐끗 쳐다보곤 강이찬을 바라보았다.

"그나저나 니 쫌 하대. 어디서 배웠노?"

"군대에서."

"그랬구먼. 어디서 싸움 좀 배운 놈이다 싶더라."

아까 전 강이찬의 움직임을 보고 내심 그가 꽤 마음에 들었던 서동호는 그에게 거듭 말을 붙였다.

"근데 고두환이는 놓쳤다고 했나?"

"……그렇소."

"그 새끼, 두목이 되가 내빼기나 하고……. 내 손으로 직이
뿌야 했는데."

"……."

강이찬은 서동호에게 고두환을 아쉽게 놓치고 말았다는
식으로 전했고, 서동호는 그에 대해 입맛을 쩝쩝 다셔 댔다.

"마, 됐다. 지나간 일은 우짤 수 없제. 하모 총 쏘는 거도
거서 배웠나?"

"그렇소."

"흐음."

서동호가 눈을 가늘게 떴다.

"그거, 내도 함 배워 볼 수 있겠나?"

꽤 의미심장한 발언이었다.

지금 부산 조폭 연합은 광남파가 창고에 쌓아 두고 제대로
써 보지도 못한 각종 화기들을 압수한 상황이었다.

거기에는 권총뿐만 아니라 SMG를 비롯, 개중에는 수류탄
도 몇 개가 있었고, 소련제 돌격 소총도 몇 정인가 발견되었
을 정도였다.

이는 무투파인 서동호 입장에서는 입맛을 다실 수밖에 없
는 수확이었지만.

"총기류는 전부 바다에 수장하기로 했을 텐데."

강이찬의 단호한 대답에 서동호는 픽 웃었다.

"하긴, 깡패 새끼가 총 들고 다니믄 그게 미국이지, 한국이

가. 내도 그냥 함 물어봤다."

그렇게 말은 하지만 여기 있는 대부분은 남들 모르게 몇 정가량 총기를 슬쩍해 두고 있을 것이다.

"행님, 알아보고 왔심더."

서동호의 부하가 부리나케 달려왔다.

"광남파 놈들만 헤아리가 보이 사망자가 네 명에 부상자는 열다섯, 쫌 심각한 놈들이 거기서 여섯 놈쯤 됩니더."

"그렇구먼."

서동호가 고개를 돌려 다른 조직 간부들을 보았다.

"들었지예. 열 놈이니까 각 조직에서 둘씩 맡아 가믄 되겠 네."

서동호는 현장에서 나온 중증 부상자도 사망자로 취급했 다.

타 조직 간부들도 서동호의 말에 고개를 끄덕였다.

"기장 어업 조합에 우리가 쓰는 냉동 창고가 몇 개 있거든 예. 거다 박아 뒀다가 일이 잠잠해지믄 남포 파에서 배 쫌 빌 리가 다 같이 던지입시다."

"그라입시더."

지금 서동호는 이 자리에서 멋대로 대장 행세를 하는 중이 었지만 그 누구도 그에 대해 불만을 표하지는 않았다.

그도 그럴 것이 이번 동맹의 실세이자 가장 큰 수혜자는 서동호가 속한 봉식이파였고, 가장 큰 활약을 한 것도 봉식이파였으니까.

"형님, 남은 놈들은 어쩔까요?"

부하의 말에 무릎을 꿇고 앉아 있던 광남파의 잔존 인원들이 움찔 하고 어깨를 떨었다.

"흐음, 글쎄."

서동호는 씩 웃으며 놈들을 보다가 잠자코 있는 강이찬에게 일부러 물었다.

"민수 니 생각은 어떻노?"

"……죽일 필요는 없겠지."

서동호의 거듭되는 반말에 강이찬도 그냥 말을 놓아 버렸다. 서동호는 그런 강이찬의 반응을 오히려 반기는 눈치로 물었다.

"그라믄 풀어 주자꼬? 인마들이 짭새한테 꼰지르믄 우짤라고."

"그러지는 않을 거다. 우리가 사람을 죽였다면, 저쪽은 마약을 팔았으니까. 그리고 당신 입장에서도 당분간은 저들을 살려 두는 게 도움이 될 테고."

강이찬의 대답에 서동호가 픽 웃었다.

"와, 내 입장이 어떤데?"

"그걸 여기서 내 입으로 말해도 되겠나?"

서동호가 웃음기를 거두며 물었다.

"……카믄 조광은 이 일에 상관 안 한다 이기가?"

"나는 조광의 대변인이 아니다."

"호오."

"최소한 나는 당신이 이 이후 뭘 하건 상관하지 않을 예정 이지."

"니, 처음부터 다 알고 있었나?"

"대강은."

서동호는 다시 씩 웃으며 아까 거둔 웃음을 얼굴에 띠운 뒤 몸을 일으켰다.

"보소!"

서동호가 외치자 모두가 그를 보았다.

"인자부터 내, 여기 모인 여러분에게 사업 제안을 하나 할까 합니더."

강이찬은 그 뒷모습을 보며 무표정한 얼굴로 생각에 잠겼다.

'전쟁이 끝나면 정치가 시작된다고 했던가…… 지금이 딱 그 꼴이군.'

뭐, 그런 건 강이찬이 상관할 바가 아니었지만.

'어쨌거나 지금쯤 부산에서는 난리가 났겠어.'

경찰의 일사불란한 통제하에 폐공장에 모인 인물들은 전

원 현장에서 체포되었다.

경찰들은 현장에서 대규모 마약을 압수한 것이며 요리조리 미꾸라지처럼 법망을 빠져나가곤 하던 부산 조폭 거두들을 일망타진한 이번 작전에 무척 만족하고 있었다.

"이거 이럴 게 아이라 지금부터 기자 회견 준비해야 카는 거 아이가?"

김강철 형사는 반장의 호들갑을 들으며 씩 웃었다.

"에이, 텔레비에 반장님 얼굴 나오믄 사람들이 채널 돌리뿔 낀데예."

"뭐 인마?"

"하하, 농담입니더. 어쨌거나 반장님도 욕봤심더."

"……내가 한 게 뭐 있다꼬. 지금 취조실 가나?"

"예. 오명태란 아 보러 갑니더."

"욕봐래이. 아참, 아직 밥 안 묵으쓰면 돼지국밥 하나 시키주고."

"수육도 시킬까예?"

"하하하, 마, 대 자로 시키 주라."

이렇게 다들 분주하지만 기분 좋은 밤을 맞을 준비를 하며, 김강철은 반장과 헤어져 복도에서 버디와 합류했다.

"오명태 금마 어떻노?"

"여유만만한데예. 변호사도 안 부른다카고예."

김강철이 미간을 찌푸렸다.

"슬마 아직도 그거 밀가리라 우기고 있나?"

"예. 마, 우리의 '과학적 분석' 결과를 보고도 그런 헛소리를 계속할지는 모르겠지만예."

김강철은 그런 대강의 정보를 공유한 뒤 취조실 앞에서 표정을 진지하게 고쳤다.

"그러면 간다. 적당히 잘 맞추래이."

"예."

취조실에는 오명태가 여유로운 얼굴로 앉아 그를 기다리고 있었고, 김강철은 그런 오명태 맞은편 의자에 무표정한 얼굴로 앉았다.

"자, 오명태 씨. 기다렸지예."

"아닙니다."

김강철은 취조실 탁자에 놓인 녹음기를 튼 뒤 후배에게 건네받은 서류를 들추며 읊조렸다.

"본적은 창원이고…… 지금은 무역 회사에서 일한다꼬예?"

"그렇습니다."

"그리고 오명태 씨가 말씀하시기로는 밀가루를 판매하기 위해 그 장소에 있었다……. 확실합니까?"

"예, 확실합니다."

이 새끼가.

김강철은 휴, 한숨을 내쉬며 녹음기를 정지시켰다.

"지금 장난합니까?"

"아뇨, 그럴 리가요."

이런 시대만 아니었던들 물리적 수단을 동원해 오명태의 여유 만만한 표정을 고쳐 주었겠지만, 애석하게도 지금은 한창 범죄자의 인권 운운하는 말이 나오기 시작하는 시대였다.

"나 참. 지랄 맞네."

김강철은 담배를 꺼내 불을 붙인 뒤, 담뱃갑과 라이터를 탁자에 놓으며 연기를 허공으로 뿜었다.

"보소, 오명태 씨."

"듣고 있습니다."

"당신 광남파지?"

"아뇨, 저는 말씀드린 대로……."

"쯧."

김강철이 미간을 찌푸렸다.

"댁은 내가 아무것도 모를 거라고 생각하는 모양인데, 그거 단단히 착각하는 기라."

"……."

"오명태 니는 지금 광남파 놈들이 버림 패로 쓴 거라고. 모르겠나?"

김강철이 담배를 한 모금 더 태운 뒤, 담뱃갑과 라이터를 오명태 쪽으로 슥 내밀었다.

"내가 형으로서 충고해 주는 건데, 오명태 씨가 이번 일로 덤터기를 쓰면 못해도 수십 년은 살고 나와야 할 끼다. 그때 가서도 광남파가 남아 있을 거 같나?"

"……."

"뭐꼬, 담배 안 피우나?"

"아뇨, 피웁니다."

오명태가 담배를 받아 불을 붙였다.

김강철은 오명태가 담배를 한 모금 태우길 기다렸다가 말을 이었다.

"아무튼 광남파 놈들도 이번에 머리 좀 썼네. 그건 인정하지. 아마 이 기회에 부산 조폭 놈들을 싸그리 정리하고 본격적으로 나설 모양이군. 하지만 그렇다고 경찰을 빙다리 핫바지로 보면 곤란하다. 우리는 이미 서울 쪽이랑 연계해서 대대적으로 작전에 나서고 있는 중이고, 좀 있으면 발 담근 애들이 굴비처럼 줄줄이 딸려 나올 기라."

"……."

"또, 그때가 되면 오명태 씨, 당신이 여기서 덤터기를 쓴 보람도 없이 위증죄까지 더해서 가중처벌이 가해질 기고."

후배가 김강철을 거들고 나섰다.

"마, 슨배님. 뭣할라꼬 인마 붙들고 있습니꺼? 기냥 딴 놈한테 가가 들으면 될 낀데예."

"어허."

김강철이 고개를 저었다.

"죄를 미워해도 사람은 미워하지 말라 안 카드나. 내는 이 친구가 아까브서 그러는 기다."

오명태는 둘의 대화를 들으며 '이게 그 말로만 듣던 착한 경찰 나쁜 경찰 전략인가 보군.' 하고 생각했다.

이어서 김강철은 보란 듯 오명태에게서 압수한 지갑을 꺼내 그 안의 가족사진을 꺼냈다.

"거참, 미인 아내에 눈에 넣어도 안 아플 애까지 있으면서……. 근데 오명태 씨가 감빵에 갔다 와서도 가정이 유지될 거 같나? 내가 봐서 아는데 이 상황에 십중팔구는 재혼한다고. 딸이가?"

"예."

"지금 들어가면 아마…… 이 딸내미가 시집가서 애를 두셋은 낳고 나서야 나올 긴데, 그때 가서 얼굴도 모르는 아버지를 찾을 거 같나? 아니지. 댁은 그대로 버려진다. 그때는 아마 차도 하늘 위로 붕붕 날아다닐 땐데, 니가 깜빵서 나와가 할 줄 아는 게 뭐가 있겠노?"

잠자코 있던 후배가 그 말을 거들었다.

"면허도 새로 따야겠네예."

"하모, 글치. 암튼 내 오명태 씨가 아직 젊고 앞날이 창창한 게 안타까워서 그런 거니까네, 말 좀 잘 맞추자. 그라믄 내가 힘 좀 써가 2년, 딱 2년만 살고 나올 수 있구로 해 주께. 알겠제?"

오명태가 대답했다.

"예."

"말이 잘 통하네. 좋다, 그라믄 다시 시작한다."

김강철은 담배를 재떨이에 비벼 끈 뒤 녹음기 재생 버튼을 눌렀다.

"오명태 씨, 당신은 이번에 마약을 거래하려고 했지요?"

"아뇨, 밀가루입니다."

"야, 이 새끼야!"

후배가 얼른 김강철을 뜯어 말렸다.

"슨배님, 여기서 이러시믄 안 됩니다!"

"안 놓나? 내 이 새끼 대굴빡을······."

그때 취조실 문이 왈칵 열리며 얼굴이 새파랗게 질린 반장이 들어왔다.

"강철아!"

"어, 반장님. 무신 일입니꺼."

반장은 오명태를 한 차례 노려본 뒤, 김강철에게 손짓했다.

"니 일로 잠만 와 봐라."

"와예?"

김강철은 어리둥절한 얼굴로 반장을 따라 취조실 밖으로 나왔다.

"예?"

"……."

반장은 한숨을 토한 뒤, 담배를 꺼내 입에 물었다.

"……밀가리다."

"……예?"

반장이 담배에 불을 붙여 한숨과 함께 연기를 아래로 토했다.

"밀가리라고."

"……허."

김강철이 눈을 깜빡였다.

"확실합니꺼?"

"색깔 검사 결과로는 그렇다카네. 일단 국과수 쪽에도 보내두기는 했는데…… 금마 말대로 밀가리가 확실한 거 같다."

"……."

이런 젠장맞을.

김강철은 당장 취조실로 뛰어 들어가 오명태를 바닥에 패대기치고 싶은 기분이었다.

"아, 잠만."

반장이 그런 김강철의 옷깃을 붙잡은 뒤, '큰마음 먹고 장만한' 핸드폰을 받았다.

"여보세요."

그리고 전화를 받으며 표정이 딱딱하게 굳은 반장은 '예, 예' 하고 대답하더니.

"하, 싯팔."

그는 전화를 끊자마자 나지막하게 욕을 뱉더니 핸드폰을 던져 버리려는 듯 양손을 크게 쳐들었다.

"어어, 반장님, 진정하이소! 아직 할부도 남았다 아입니꺼!"

"으으……."

그 뒤 김강철은 간신히 진정한 반장에게 조심스레 물었다.

"근데 무슨…… 일입니꺼?"

"서장님 전화다."

서장 선에서 전화가 걸려 왔다니?

그리고 김강철은 이어진 반장의 지시에 황망한 기분을 느꼈다.

"……오명태 점마 풀어 주란다."

"허……."

정말이지, 핸드폰을 던져 버릴 만한 지시였다.

경찰서를 나선 오명태는 합류가 예정된 장소로 발걸음을 옮겼다.

'해운대에 있는 호텔이라고 했나.'

오명태는 구봉팔이 장기간 투숙하고 있는 호텔 방으로 들어섰다.

그곳에는 김 교수와 석동출, 구봉팔 세 사람이 먼저 도착해 오명태를 기다리고 있었다.

"오셨습니까."

김 교수가 사무적인 어투로 오명태에게 인사했고, 오명태는 가볍게 고개를 끄덕였다.

"죄송합니다. 제가 제일 늦게 왔군요."

"아닙니다. 오명태 씨가 처하신 상황은 저희와 남달랐으니까요."

김 교수는 쓴웃음을 지으며 다른 사람들을 둘러보았다.

"경찰서를 무사히 빠져나온 걸 축하하기 전에 앞서 정식으로 소개를 드려야 할 거 같은데요."

김 교수가 오명태에게 악수를 권했다.

"김명훈입니다."

"오명태입니다. 그리고······."

오명태의 시선을 받은 구봉팔이 대답했다.

"조광 그룹에서 온······."

구봉팔은 여기서 줄곧 쓰는 가명을 댈까 하다가 관뒀다.

어차피 이들과는 두 번 다시 볼 일이 없는 데다가 여기선 김 교수를 제외한 모두가 자신의 정체를 알고 있으니까.

그리고 계속해서 구봉팔의 똘마니인 박진호라는 이름을 대고 있으면 김 교수가 이 자리에서 말을 아낄 것이란 계산도 있었다.

"……구봉팔이오."

구봉팔의 소개에—그 정체를 알고 있는 석동출과 오명태를 제외한—김 교수는 예상대로 흠칫하며 놀랐다.

"구봉팔이라면……."

김 교수의 중얼거림을 구봉팔이 받았다.

"예. 광금후에게 습격을 받았다는 소문이 도는 본인 맞습니다."

"……허허, 그러셨군요."

김 교수는 헛웃음을 터뜨리곤 다른 사람들을 힐끗 살폈다.

'아무래도 그가 누구라는 건 여기서 나만 몰랐던 사실인가 보군.'

김 교수가 다음 차례라는 듯 석동출을 힐끗 살폈다.

하지만 구봉팔과 달리 자신의 정체가 누구라는 걸 이들에게 밝힐 의향이 없었던 석동출은 평소 하던 자기소개를 했다.

"마동철입니다."

오명태가 물었다.

"……본명입니까?"

"가명입니다."

오명태에겐 그 정도면 충분했다.

어쨌거나 이들은 모두 안기부와 어느 정도씩 접점이 있다는 공통 분모가 있다는 것뿐, 소속도 입장도 다른 서로가 서로에게 지나치게 솔직해질 필요는 존재하지 않았다.

"자, 그럼."

다들 적당히 소개를 마친 모양이자 가장 연장자인 김 교수가 입을 뗐다.

"저희는 앞으로 있을 일을 논의해 봐야겠군요. 방금 전 연락을 받았습니다만, 창원 쪽도 이미 정리가 끝났다고 합니다."

"다행이군요."

오명태는 그렇게 말하면서도 내심 씁쓸함을 감추기 힘들었는지 어색한 웃음으로 그 말을 받았다.

"그럼 앞으로는 어떻게 될 거 같습니까?"

"별다른 변수가 없다면 부산 조폭들의 연합이 와해되고 내분이 시작될 겁니다."

김 교수의 담담한 발언에 오명태가 인상을 찌푸렸다.

"정말 그렇게 될까요?"

"저희 쪽에서 분석한 바로는요. 부산 조폭들도 이제 슬슬 세대 교체에 대한 열망이 생기넌 차, 그런 그들 앞에 먹음직스런 먹이가 놓였으니…… 애당초 부산 조폭 연합은 연합이라 부르기도 뭣한 느슨한 관계이기도 하고 말입니다."

김 교수가 석동출을 보았다.

"이후 구세대 조폭들은 여기 계신 마동철 씨를 중심으로."

그다음으론 오명태를 보았다.

"그리고 신세대 조폭들은 오명태 씨가 서동호의 목줄을 쥐고 조종하게 될 겁니다."

그 말에 오명태가 움찔했다.

"제 역할은 이걸로 끝이 아니었습니까?"

"그 부분은 미안하게 됐습니다. 조금만 더 수고해 주십시오."

"……."

여기서 철저한 을의 입장인 오명태는 반박하지 못하고 주먹을 꾹 쥐었다.

"그리고 박……. 아니 구봉팔 씨께서는 그 틈의 어부지리를 노려 부산을 장악해 주셨으면 하고 바라는 중입니다. 원래는 구봉팔 씨를 직접 뵙고 말씀드리려 했습니다만, 마침 본인이 계시니……."

"흠."

정체를 밝힌 까닭에 그로부터 솔직한 대답을 끌어낼 수 있었던 건 나쁘지 않았지만, 구봉팔은 탐탁지 않다는 듯 고개를 까딱였다.

"저도 제 역할은 여기까지라고 들었습니다만. 저도 지금 이상으로 부산에 머물러 있을 생각은 없고요."

"조광 그룹에 이득이 되는 일인데도 말입니까?"

더 나아가 조광 그룹 내에서 구봉팔의 입지까지도.

김 교수의 부추김에 구봉팔이 픽 웃었다.

"착각하지 마시오. 비록 필요에 의해 잠시 잠깐 손을 잡기는 했지만 그렇다고 그쪽에 이용당할 생각은 없습니다."

"……이용이 아니라."

"안기부 입장에서야 여타 반사회적조직보단 조광이 더 조종하기 쉽겠지. 하지만 우리들 조광에겐 우리 나름의 사정이 있소. 미안하지만 이 이상 댁들과 엮이는 건 사양하고 싶군."

이거참, 딱딱하군.

이제 정체를 드러내서 그런 걸까, 지금 구봉팔은 얼마 전 김 교수가 술자리에서 보았던 사람과 딴판으로 보였다.

김 교수가 한숨을 내쉬었다.

"알겠습니다. 그러면 이후는 조광 그룹은 배제한 채로 진행하도록 하겠습니다."

"좋소. 그럼 나는 여기서 나가 보겠소. 내가 여기 있으면 할 수 없는 이야기도 많을 것 같으니까. 그래도 일단 장소는 계속 빌려드리지."

"감사합니다."

"다만 이대로 끝내기 전에 한 가지 물어볼 게 있는데."

"말씀하십시오."

"얼마 전 서울에서 내 습격을 사주한 것은 정녕 광금후가 벌인 일이오?"

구봉팔의 질문에 김 교수는 어리둥절한 얼굴이 됐다.

"저는 그렇게 알고 있습니다만. 무슨 문제라도……."

"아니, 그렇다면 됐소."

구봉팔은 김 교수의 말을 냉정하게 끊었다.

사실상 김 교수 정도의 끄나풀이 알 만한 일이 아니란 것과 다름없는 그 말에 김 교수는 다소 자존심이 상했지만, 한편으론 그런 구봉팔의 생각도 틀리지 않았다.

사실, 구봉팔이 묻고 싶은 건 따로 있었다.

'정말로 광금후가 조설훈을 죽였는가 하는 거였지.'

이번은 꽤 급하게 진행된 작전치고는 아귀가 딱딱 맞아떨어졌고, 그래서 구봉팔은 광금후와 광남파의 허술한 면모에서 그들이 조설훈을 계획 살인 할 정도의 치밀한 조직이 아님을 의심했던 것이다.

'……어쩌면 조설훈의 죽음에는 안기부가 개입한 걸지도 모르겠어.'

하지만 김 교수나 석동출처럼 말단조차 아닌 민간 협력자들이 그런 내밀한 속사정까지는 알 턱이 없어 보였다.

'그나마 한 사람, 현장에 있던 석동출이라면…….'

구봉팔은 석동출을 힐끗 쳐다보았다.

'거기 있던 살해범의 얼굴 정도는 알 터인데.'

그렇다고 해서 이미 안기부의 비호 아래 들어간 석동출이 솔직한 대답을 내놓으리란 기대는 하기 힘들다.

막말로 그 살해범을 칼리 카르텔, 혹은 이번 작전에서 사망한 광남파 일원이 한 짓이라고 덮어씌운다면 구봉팔로서는 그 진위 여부를 입증할 수 없다.

'어쨌거나 가까이 해서 좋을 것 없는 자들이야.'

물론 어느 정도 경계는 해 둬야겠지만.

"호텔 키는 여기 두고 가겠소."

"예."

구봉팔은 호텔 방을 나섰다.

가지고 온 짐은 이미 캐리어에 실어 이성진이 빌려준 차 트렁크에 넣어 두었으니, 구봉팔은 따로 체크아웃을 할 필요도 없이 곧장 서울로 돌아가도 무방했다.

'강이찬 그 친구 마중이라도 갈까.'

구봉팔은 엘리베이터를 기다리면서 잠시 잡생각에 빠졌다.

'그나저나 강이찬 그 친구, 동생 얼굴이라도 보고 가면 좋으련만.'

저래 봬도 고집 하난 알아줘야 한다니까.

띵.

마침내 엘리베이터가 도착하고, 구봉팔은 그 안에 탄 사람이 내리길 기다렸다가 엘리베이터에 올라탔다.

'……응?'

그로부터 피 냄새가 났다.

좀 더 정확히 하자면, 위험한 인간이란 느낌이 드는 사내였다.

구봉팔은 반사적으로 고개를 돌렸고, 그와 눈이 마주쳤다.

상대 또한 자신을 알아본 것이리라.

하지만 상대는 가벼운 목례 후 카펫이 깔린 호텔 복도를 발소리 없이 걸어갔고, 때마침 엘리베이터 문이 스르르 닫히고 말았다.

늦게까지 경찰 조사를 마친 광금후는 경찰서를 나서며 빠드득 이를 갈았다.

'빌어먹을 짭새 새끼들, 꽤나 철저하게 조사했군그래.'

설마하니 장부를 들춰 현금 입출 내역을 조목조목 따져 댈 줄이야.

거기서 유상훈이 소개해 준 변호사는 사태가 심상치 않다는 걸 눈치챘는지 그쯤해서 '노쇠한 의뢰인의 피로도'를 이유로 경찰 취조를 유예했고, 그 직후 광금후를 따로 불러 이렇게 묻기까지 했다.

「사장님, 정말로 괜찮으신 겁니까?」

광금후도 변호사의 질문에 선뜻 대답하지 못했다.

'짭새 놈들, 대체 어디까지 알고 있는 거지?'

물론 물적 증거는 남지 않도록 꽤 철저하게 처리했다고 자부하고 있지만, 지금은 광금후도 조금씩 꼬리를 밟힌 것은 아닌지 의심하고 있었다.

하지만 마약을 팔아 치우던 광남파의 철두철미한 면모는 광금후 자신도 꽤 놀랄 정도였으니 그들의 정체가 들통나지는 않았을 것이다.

'그래, 아직 발뺌할 여지는 충분해. 이번 현금 납입 건도 채권으로 세탁해서 돌리면……'

그렇게 생각하며 광금후는 운전기사가 열어 준 차 뒷좌석에 올라탔다.

'……그래도 상황이 어떻게 돌아가는 중인지 전화로 물어봐야 하나.'

광금후가 뒷좌석의 팔걸이 박스에서 꺼낸 대포폰을 만지작거리고 있을 때, 품에서 핸드폰이 울렸다.

자신의 명의로 등록된 핸드폰 알림이니 조직원들이 전화를 걸었을 리는 없고…….

광금후는 의아해하며 전화를 받았다.

"여보세요."

－여보세요, 광금후 사장님. 조세화입니다.

소녀의 앳된 목소리가 들렸다.

"아, 세화구나."

－네, 늦은 시간에 전화드려서 죄송해요. 오전에 무슨 일이 생기신 것 같아서 망설이다가 늦게 전화를 드렸어요.

"아니다, 신경 쓰지 마렴."

광금후는 운전기사에게 천천히 차를 몰도록 신호를 주며 말을 이었다.

"나야말로 제대로 작별도 못 했구나. 회사에 바쁜 일이 있었단다."

–괜찮으신가요?

"네가 걱정할 정도는 아니란다."

그래, 이렇게 된 이상 조세화라도 끌어들이자.

조세화를 자신 아래에 둔다면 이 따위 사소한 리스크는 헤쳐 나갈 수 있을 것이다.

게다가 때마침 조세화는 광금후의 귀가 솔깃할 제안을 던졌다.

–그러시다니 다행이에요. 마침 저도 오래 끌던 일이 일단락된 참이어서…… 광금후 사장님만 괜찮으시면 오전에 하던 이야기를 마무리 짓고 싶은데요.

"괜찮다. 세화 네가 그러고 싶다면야 얼마든지 시간을 낼 수 있지. 어디서 보면 좋겠니?"

조세화는 어느 호텔 카페 이름을 댔다.

"좋다. 그러면 거기서 보자꾸나."

–네, 감사합니다.

통화를 마친 광금후는 운전기사에게 차를 돌려 호텔로 향하도록 했다.

'혹시 모르니 애들을 불러 둘까?'

아니, 경찰이 이쪽을 예의 주시 하고 있는 마당에 일부러 시선을 끌 필요는 없지.

'어차피 나한테 다 넘어온 꼬맹이를 상대하는 것뿐이고.'

압수수색에 경찰 취조까지 이것저것 신경 쓸 것이 많은 하루여서 그랬을까, 광금후는 평소와 달리 조금 느슨한 기분으로 조세화를 만나러 갔다.

"안녕하세요."

지정한 장소로 향하니 조세화가 방긋 웃으며 광금후를 맞았다.

"죄송해요, 늦은 시간에."

"아니, 신경 쓸 거 없다. 전화로도 말했지만 세화 네가 바라면 언제든 시간을 낼 수 있지."

"감사합니다."

그래서일까, 광금후는 호텔 카페에 아무 손님도 없는 것을 의심조차 하지 않았고, 장정이 카페 입구에 영업 종료 팻말을 다는 것도 의식하지 못했다.

"커피 드시겠어요?"

"아니다. 잘 밤에 그런 건 지양하는 편이어서. 그래, 오전에 하던 이야기를 계속하자고 했지?"

광금후는 그렇게 말하고 내심 조금 성급했나 하고 자책했지만 다행히 조세화는 아랑곳 않는 눈치였다.

"네. 그리고 마침 광금후 사장님께 제안드릴 것도 있고요."

"제안?"

조세화가 부하로부터 서류를 받아 광금후가 보는 방향으로 종이를 올렸다.

"이번에 필리핀 쪽에 지사를 하나 설립할까 하는데, 광금후 사장님이 거기 가 주시면 좋겠단 생각을 했거든요."

"……응?"

갑자기, 난데없는 필리핀 지사 자리라니.

광금후는 순간적으로 조세화가 무슨 소리를 하나 싶어 멍해졌다가 퍼뜩 정신을 차렸다.

"지금 그게 무슨 소리냐?"

"방금 말씀드린 그대로예요. 이번 지사장 자리에 저희 그룹에서는 광금후 사장님이 가장 적임자라는 생각을 했거든요."

"……."

이 꼬맹이가 지금 무슨 소리를 하는 거지?

조광을 손에 넣기 직전에, 난데없이 필리핀에 가 달라니.

광금후는 그제야 손님 하나 없는 카페에 조세화의 직속 부하들이 거리를 두고 이쪽을 주시하고 있다는 걸 눈치챘다.

조세화는 그런 광금후를 보며 어린애가 지은 거라고는 믿기지 않을 비릿한 미소를 머금은 채 나직이, 광금후에게만 들릴 목소리로 속삭이듯 말을 이었다.

"광남파는 끝났어요."

'이 꼬맹이가 지금 뭐라고 하는 거지?'

광금후는 순간적으로 조세화의 말이 무엇을 뜻하는 것인지 알아듣지 못해 멍한 상태였다가, 그 의미를 깨닫자마자 앉은 자리에서 벌떡 일어섰다.

"뭐……!"

그 순간, 광금후는 스윽 하고 자신을 포위하듯 다가오는 장정들의 존재를 깨달았다.

조세화는 그런 광금후를 올려다보며 빙긋 웃었다.

"벌써 가시려고요? 아직 제 이야기는 끝나지 않았는데요."

"……."

"앉으세요."

그 말에 어떤 힘이 담기기라도 한 양, 광금후는 조세화가 시키는 대로 다시 자리에 앉은 직후 얼굴이 붉어졌다.

아무리 이런 상황이라지만 아직 대가리에 피도 안 마른 꼬맹이가 시키는 대로 따라하고 만 자신에 대한 부끄러움과 조세화를 향한 분노 등이 복합적으로 어우러진 감정이었다.

그래서 광금후는 지금 이 순간 발현한 조세화의 카리스마가 조성광을 떠올리게 하는 것임을 깨닫지 못했다.

"……대체 무슨 소리냐."

조세화는 주변을 둘러보는 것으로 부하들을 물러서게 한 뒤 입을 뗐다.

"지금 경찰의 압수수색을 받고 계시죠?"

"……."

"그리고 그 압수수색 내용은 광남파가 신진물산에 전달한 상납금이 연루되어 있을 테고요."

"……."

광금후는 마음 같아선 이 꼬맹이의 머리통을 갈겨 주고 싶었지만 상황은 자신의 편이 아니었다.

"나는 지금 네가 무슨 소리를 하고 있는 건지 모르겠는데."

조세화가 고개를 갸웃했다.

"설마 이 상황에서도 잡아떼실 생각이세요? 광남파는 끝났다니까요."

"그러니까 그게 대체……."

"그래요. 아직 광금후 씨에게는 그 소식이 닿지 않은 것 같으니 차근차근 설명해 드리죠."

이젠 호칭조차 광금후 '씨'였다.

조세화가 담담히 말을 이었다.

"저희는 몇 시간 전 부산의 조폭들과 연계하여 창원에 자리 잡은 광남파 본거지를 급습했고, 방금 전 광남파가 괴멸되었다는 최종 보고를 받았습니다."

"……."

이게 대체 무슨 소린지.

'광남파가 괴멸해? 그것도 부산 조폭들과 연계한 작전에서?'

조세화가 주머니를 뒤져 핸드폰을 꺼내더니 광금후가 앉은 방향으로 슥 밀었다.

"정 못 믿겠으면 확인해 보세요. 안전한 핸드폰이니까. 이 상황에 누가 전화를 받을지는 저도 궁금한데요."

광금후는 등줄기의 식은땀을 의식하지 않으려 애쓰며 대답했다.

"어른을 놀리면 못 쓴다."

"농담하는 게 아닙니다."

조세화가 웃음기를 거둔 진지한 얼굴로 말을 이었다.

"광금후 씨가 벌인 그 일 때문에 하마터면 조광 그룹의 이미지가 실추될 뻔했어요. 아마 수사가 더 진행되었더라면 경찰 측이 광금후 씨를 체포하는 것도 시간문제였겠죠. 그러니 광금후 씨는 오히려 저희 쪽에서 대신해 일을 처리해 준 것에 감사를 표해야 하는 거 아닌가요?"

"……."

이렇게 된 이상 잡아떼는 건 무의미하다.

광금후는 조세화를 노려보듯 쳐다보며 핸드폰을 들었다.

그리고 머릿속 기억을 더듬어, 광남파와 자신을 연결해 준 인물의 전화번호를 누른 뒤 통화 버튼을 눌렀다.

몇 차례 신호가 가고 나서.

─……여보세요.

상대의 숨죽인 목소리가 들렸다.

"나요, 광 사장."

—마침 전화드리려고 했습니다.

상대가 빠르게 말을 이었다.

—지금 창원 쪽에 난리가······.

뚝.

광금후는 그대로 핸드폰을 분질러 꺾은 뒤 떨리는 눈으로 조세화를 보았다.

"어때요, 제 말이 맞죠?"

"······."

광금후는 더 이상 조세화가 같잖게 보이질 않았다.

'나도 그간 조광에 대해 잘 안다고 생각했는데, 그건 착각이었나.'

조광이 가진 힘, 그 여력에 대해 무지했다.

하긴, 생각해 보면 얼마 전 조설훈과 함께 사망한 곽남훈만 하더라도 평소 바 주인 노릇을 하고 있지만 소문에는 한때 조성광 회장의 해결사 노릇을 하던 인물이었단 이야기가 있었다.

그러니 조광에는 그림자에서 암약하는 해결사들이 몇 명쯤 더 있다고 하더라도 이상할 게 없다.

광금후가 힘겹게 입을 뗐다.

"내게 바라는 게 뭐냐?"

"이제 조금 말이 통하겠네요."

조세화가 다시 웃으며 말을 이었다.

"아까 전화로 말씀드렸죠? 오전에 하던 이야기를 계속하자고요. 광금후 씨가 제 피후견인이 되어 주세요."

"……."

그 일은 그야말로 광금후가 바라마지 않던 일이었지만, 그것도 어디까지나 그 말이 나온 상황에 따라 내용이 달라지는 이야기였다.

다른 때도 아니고 지금 이런 상황에 자신의 목줄을 쥐고 있는 조세화의 피후견인이 된다는 건, 사실상 조세화의 명령대로 따르라는 개가 되라는 것이나 마찬가지의 말이었다.

"그리고."

그게 끝이 아니라는 듯 조세화가 말을 이었다.

"얼마 뒤에 있을 임시 주주총회에서 제 편을 들어주시면 됩니다. 그 뒤엔 앞서 제안드린 필리핀 지사직을 받아들여 현지에서 체류하시면 제 요청은 그걸로 끝이에요. 어렵지 않죠?"

부드럽게 말하고 있지만 사실상 협박이었고, 이후에도 두 번 다시는 한국 땅을 밟지 못할 것이란 영구 추방 명령이나 마찬가지였다.

거절할 수 없는 제안.

광금후는 자신이 처음부터 조세화의 손아귀 아래 놀아나고 있었다는 것에 참담한 기분을 느꼈다.

'호랑이는 호랑이 새끼를 낳는다더니.'

조세화가 광금후를 보며 빙긋 웃었다.

"그러면 승낙하신 걸로 알죠. 다만 상황이 상황이다 보니 한동안은 조심히 계시는 편이 좋을 거예요. 그래서 광금후 씨가 임시 주주총회 때까지 안전하게 계실 수 있도록 숙소를 마련했습니다."

이번에는 사실상 가택 연금.

조세화가 신호를 주자 장정 둘이 성큼 다가왔다.

"여러분, 이제 광금후 사장님께서 돌아가신다고 하니, 숙소까지 배웅해 주세요."

"예, 아가씨."

장정 둘이 광금후의 좌우에 나란히 섰고, 광금후는 인상을 구기며 일어섰다.

"내가 사람을 잘못 봤구나."

"그러신 것 같네요."

광금후는 감시자들 사이에 끼여 연행되듯 카페를 나섰고, 조세화는 가만히 그 뒷모습을 눈으로 배웅하며 탁자 아래, 덜덜 떨리는 손으로 치맛자락을 꾹 쥐었다.

'……해냈어.'

이것으로 복수가 완전히 끝맺은 것도 아니었고, 마음 같아서는 부친의 죽음에 대해서도 실토하게 만들고 싶었지만, 다른 한편으로는 이걸로 충분했다.

확실한 건, 이제 광금후는 더 이상 회사에 영향력을 발휘

하지 못하리라는 것뿐.

조세화도 이번 일은 허세와 블러핑을 곁들인 협박을 가하는 게 최선이었고, 이번에는 그게 잘 통했다.

아마 이성진이 이 자리에 있었다면 '연기에 소질이 있다'고 칭찬해 주었을지도 모를 일.

조세화는 이제 끝났다는 생각에 눈물이 왈칵 쏟아질 뻔한 걸 간신히 참았다.

'아직 끝난 건 아니야. 제대로 마무리되기 전까지는 마음을 놓아선 안 되겠지.'

후우.

조세화는 심호흡을 한 뒤, 핸드폰을 꺼내 어디론가 전화를 걸었다.

-여보세요.

"조세화예요. 시키신 대로 다 마무리했습니다."

왜인지는 모르겠지만 조세화는 전화기 너머 김철수가 씩 웃는 것 같았다.

-예. 국가를 대신해 귀하의 협조에 감사드립니다.

그 시각, 크리스는 백하윤과 늦은 저녁을 들며 깊은 고민에 잠겨 있었다.

'이걸 이야기해, 말아?'

백하윤은 그런 크리스의 표정을 읽었는지, 미소 띤 얼굴로 물었다.

"크리스, 무슨 고민이라도 있나요?"

"아……."

이거 참, 표정에 티가 났나.

크리스는 백하윤이 등을 떠밀어 준 김에 생각한 바를 말했다.

"저, 선생님. 부탁이 있는데요."

"부탁?"

크리스가 부탁이라니, 백하윤은 무슨 일일까 궁금해하며 대답했다.

"말해 봐요. 무슨 부탁이죠?"

"네, 인터넷이 되는 컴퓨터를 한 대 사 주시면 안 될까요?"

전생의 크리스라면 아무 고민도 없이 부탁을 했겠지만, 이번 생에선 할렘가에서 몇 년을 보내며 '서민들의 금전 감각'에 대해 조금 생각을 하게 된 크리스였다.

이 시대의 퍼스널 컴퓨터는 평범한 월급쟁이가 정말 큰마음 먹어야 간신히 장만하는 물건이라는 것 정도는 크리스도 들어서 알고 있었던 것이다.

"흐음, 컴퓨터라."

백하윤이 고개를 주억였다.

"게임하려고요?"

백하윤이 의미심장한 미소를 지으며 던진 말에 크리스는 속이 뜨끔했지만.

'그 비서 년이 다 일러바친 모양이군.'

이내 애써 내색하지 않는 척을 했다.

"아뇨, 그게 아니라…… 오늘 SJ컴퍼니에 가서 만져 보고 안 사실인데, 인터넷이 있으면 고향에 대한 소식도 금방 알 수 있고, 또 학업에도 도움이 될 거 같아서요."

학업이라.

'학교도 안 다녀 본 애가.'

그 구실에 백하윤은 웃음이 터지려는 걸 간신히 참았다.

"크리스가 오늘 거기서 컴퓨터의 매력에 푹 빠진 모양이군요."

"그렇다기보다는 가능성에 주목했다고 할지……. 헤헤."

애교를 부리는 크리스를 보며 백하윤이 픽 웃었다.

"좋아요. 그러도록 하세요."

"어라, 정말요?"

백하윤이 이 정도로 흔쾌히 승낙할 줄은 몰랐던 크리스가 깜짝 놀랐다.

"저도 크리스 의견에 동의하는 입장이거든요. 앞으로는 인터넷이 세상에 큰 영향을 끼치게 될 거라는 것도요. 당장 제가 대표로 있는 바른손레코드도 인터넷을 이용한 사업 계획을 세우고 있는 중이니…… 나도 크리스가 성장할 때가 되면 보편적인 현상이 될 거란 것을 믿어 의심치 않아요."

흐음, 이번 세계의 바른손레코드는 벌써부터 인터넷 환경에 주목하고 있는 것인가.

'보나마나 이성진 그놈이 바람을 불어넣은 거겠지만.'

크리스는 속으로 생각하며, 겉으로는 백하윤의 혜안에 탄복했다는 듯 눈을 반짝여가면서 아첨했다.

"저도 그렇게 생각해요, 선생님. 선생님께서 대표로 계시는 회사라서 그런지 다른 곳보다 앞서가시는군요!"

"……."

정작 백하윤은 크리스가 그녀답지 않게 자신에게 아첨하는 것이 훤히 보였지만, 보기에 귀여웠으므로 일단 내버려두기로 했다.

"다만 저도 컴퓨터에 대해선 잘 모르고…… 그건 크리스도 마찬가지죠?"

자신이 컴맹임을 인정하고 싶지는 않았지만, 실제 오늘 SJ 컴퍼니의 컴퓨터를 고장 낼 뻔하기도 했거니와 특히 이 시대 OS 작동 방식이 낯선 것도 사실이다.

"그……렇죠."

"흠."

백하윤은 잠시 생각하다가 크리스에게 말했다.

"이번에도 성진 군의 도움을 받아 봐야 할 거 같네요. 마침 식사도 다 마쳤으니, 크리스. 접시 정리 좀 해 줄래요?"

"네, 선생님."

크리스는 어제도 해 본 설거지를 하러 밥상을 치우기 시작했다.

백하윤은 지금처럼 이따금 크리스의 응석을 받아 주기도 했지만, 본질적으로는 엄격한 편이었다.

지금도 '밥을 차린 것이 백하윤이니, 치우는 것은 크리스'라는 룰을 적용해 간단한 설거지 정도는 크리스가 하게끔 교육하는 것이었다.

사실, 백하윤의 교육은 그녀가 자식을 키워 본 적이 없기에 나오는 것이기도 해서, 크리스 정도의 어린아이에게는 조금 어려울 수 있는 수준이지만 크리스는 크리스대로 이게 일반적인 가정의 양육 방식인 양 자연스럽게 받아들이고 있었다.

백하윤은 거실 소파에 앉아 크리스가 설거지하는 걸 지켜보다가 수첩과 무선전화기를 손에 들고 번호를 찾아 눌렀다.

몇 차례 신호가 간 뒤, 이성진이 전화를 받았다.

－여보세요.

"여보세요, 성진 군. 백하윤입니다. 늦은 시간에 미안해요."

－아뇨, 아닙니다. 신경 쓰지 마세요, 선생님.

"혹시 회사인가요?"

-아…… 이제 막 퇴근하려던 참이에요.

"그렇군요. 다짜고짜 부탁해서 미안하지만 조금 사적인 부탁을 하고 싶어서요."

백하윤에게 용건을 들은 이성진이 대답했다.

-아, 컴퓨터를 장만하시려고…….

"네. 아무래도 매장에 가서 구매하면 손쉽기는 하겠지만 크리스가 인터넷이 되는 컴퓨터를 이야기해서요."

이성진은 잠시 생각하다가 대답했다.

-제가 도와드릴 수 있으면 가장 좋지만, 당분간은 그럴 시간이 나지 않을 것 같습니다. 대신 관련해서 잘 아는 사람을 소개해 드려도 될까요?

"저도 바라는 일이지만 그렇다고 회사 사람을 업무와 무관한 일에 동원하는 건 원치 않아요."

백하윤이 자신의 부하 직원이 이성진에게 상담을 한 것도 그녀의 그런 결벽증적인 공사 구분 때문이었다.

이성진도 그런 건 잘 알고 있는 모양인지 태연하게 대꾸했다.

-아뇨, 걱정 마세요. 회사 사람이 아니거든요.

"회사 사람이 아닌데 컴퓨터를 잘 다루는 분이 있나요?"

이성진이 대답했다.

-네, 제 친구요.

4장

    나는 백화윤과 통화를 종료한 뒤 사장실 의자에 등을 기대앉았다.

    '흠, 크리스라는 꼬맹이가 컴퓨터를 사고 싶어 한다고?'

    광남파가 괴멸했다는 피비린내 나는 연락 직후에 받은 전화여서 그 갭에 조금 당황하기는 했지만, 어쨌거나 백하윤의 부탁을 들어주는 일도 나로선 마냥 무시하기 힘든 일이었다.

    '……그 계기가 아무래도 오늘 우리 회사에서 즐긴 컴퓨터 게임인 것 같다는 생각이 드는 건 조금 그렇긴 하다만.'

    이 시기 학부모들은 학업에 도움이 된다는 마케팅에 속아 거금을 들여 컴퓨터를 장만하였고, 그런 대한민국의 비정상적인 교육열은 결과적으로 대한민국 전체 PC 보급률이 일조하였다.

'정작 그 대부분의 자식들이 부모의 기대를 배반하고 게임하는 용도로만 쓴 건 새삼스러운 이야기지.'

어쨌거나 백하윤의 사적인 부탁이니 그 꼬맹이 얼굴도 한번 볼 겸 내가 직접 가도 괜찮은 흐름으로 이어질 수 있겠지만, 아무래도 현재 상황이 이렇다 보니 그런 일에 시간을 낼 수 없을 것 같다.

'한성진에게 도와 달라고 해야지.'

한성진의 동의를 얻은 건 아니나, 그 녀석이라면 군말 없이 찬성할 것이다.

'내 입으로 말하기는 뭣하지만 한성진은 조금 바보 같을 정도로 사람이 좋으니까.'

그런 한성진이 어쩌다가 나처럼 비뚤어진 어른으로 성장하고 말았는가를 생각하면 아무래도 인간의 인격 형성에 유소년기의 환경이 큰 영향을 끼치는 모양이다.

'생각해 보면 크리스라는 꼬맹이에게도 나쁠 것이 없는 게, 혼자 이 이국 만리 낯선 땅에 왔으니 이 기회에 또래 친구를 사귀는 것도 괜찮을 것 같고.'

겸사겸사 한성아도 깍두기로 끼워 줘도 괜찮을 것 같다.

'음, 집에 돌아가면 이야기를 나눠 볼까……. 응? 이번엔 누구지?'

그렇게 퇴근 준비를 하려니 전화가 걸려 왔다.

"여보세요."

─여보세요. 나야, 세화.

이번에는 조세화였다.

─간단하게 이야기할게. 다 끝났어.

나는 이미 알고 있는 이야기였음에도 처음 듣는 척을 했다.

"다 끝났다니?"

─……마약 조직 일이랑 광금후 건까지.

전자는 이미 알고 있는 이야기라 치고, 광금후까지?

'음, 설마 광금후를 죽인 건 아니겠지?'

내가 그걸 어떻게 물어야 할지 망설이고 있으려니, 조세화는 그런 내 침묵을 어떻게 해석했는지 알아서 말을 이어갔다.

─놀랐니?

"……아, 으응. 변호사 사무실에서 듣기는 했지만 막상 들으니 생각보다 더……."

─그렇구나.

이야기를 전하는 조세화의 목소리는 담담했지만 어딘지 담담한 척하려 애쓰는 것처럼도 들렸다.

"그런데 광금후 건도 끝냈다니, 그게 무슨 말이야?"

─응, 일단 그 사람을 피후견인으로 둔 채 임시 주주총회 전까지 내 쪽에서 감시하기로 했어. 그리고 이 일이 끝나면 임시로 설립한 필리핀 지

사로 쫓아 보낼 예정이야.

흠, 왠지 조세화의 아이디어인 거 같지는 않고.

'김철수? 아니면 양상춘? 누군가가 그렇게 하도록 조언한 모양이군.'

어쨌거나 나는 조세화가 당장 광금후를 제거하지 않은 것에 내심 안도했다.

이 상황에 광금후가 '실종'되기라도 한다면 그 여파는 조광 전체에 미칠 것이고, 일이 꼬여 주주총회가 개판이 날 여지도 충분했다.

거기에 더해 광남파가 괴멸되었으니 광금후에 가해진 경찰의 혐의도 유야무야될 터이고.

'그런 의미에서 보자면 조세화의 이번 전략은 꽤 철저한 계산이 밑바탕에 깔린 작전이었다고도 할 수 있겠지.'

뭐, 그러려면 광남파가 하루아침에 괴멸해야 한다는 전제가 따르기는 하니 부산 조폭들의 저력은 역시 무시할 게 못 된다는 생각도 든다.

"좋은 생각이네. 잘했어."

─……정말 그렇게 생각하니?

"응?"

─나, 경멸하지 않아?

아, 나는 또 뭐라고.

상황만 아니면 박수를 보내고 싶을 정도였다.

"그럴 리가 있나. 오히려 무거운 짐을 하나 내려놓았다는 생각이 드는데?"

─……응.

"아무튼 수고했어. 일단락했다고 방심하지 말고 계속해서 사태를 지켜보자."

─내 생각도 그래. 어떤 의미에서는 이제부터가 시작이니까.

전화상으로만 듣는 대화여서 속단할 수는 없지만, 일단 조세화의 멘탈리티는 괜찮은 것 같다.

"그래. 혹시나 내 도움이 필요한 일이 있으면 얼마든지 이야기해. 내가 도울 수 있는 일이라면 얼마든지 도울 테니까."

─……비즈니스 파트너로서?

"뭐래. 당연히 친구니까 그런 거지."

─아. 응……

왠지 보지 않아도 조세화가 미소 짓고 있을 거란 상상이 갔다.

그렇게 조세화와 통화를 마친 뒤, 나는 복도에서 전예은의 인사를 받았다.

"퇴근하시려고요?"

"……예은 씨야말로 아직 퇴근 안 하셨어요?"

내 말에 전예은이 배시시 웃었다.

"사장님도 아직 퇴근 안 하셨는데 제가 퇴근하면 안 되죠."

크, 뭇 부하 직원의 귀감이 될 만한 발언이다.

마음 같아서는 그 말을 액자로 장식해서 회사 벽면에 붙여 두고 싶구먼.

"농담이에요."

엥, 농담이었나.

전예은이 웃으며 말을 이었다.

"몇 가지 일을 처리하다 보니까 조금 늦고 말았어요. 아무래도 집이 가깝다 보니 퇴근 시간에 구애받지 않는 거 같아요."

"그렇습니까."

설령 회사 기숙사에서 지낸다 한들 잔업을 하고 싶은 직원은 없을 텐데, 전예은은 슬슬 일에 재미를 붙여 가는 모양이었다.

'이거 바람직한 현상이기는 한데……. 고용주가 아닌 입장에서는 그녀가 자칫 워커홀릭이 되지 않을지 걱정이군.'

나는 전예은과 나란히 엘리베이터를 기다리며 문득 깨달았다.

'맞아, 나중에 강이찬이 복귀하면 전예은이 이 일의 전말을 다 알게 되는 거 아닌가?'

나라고 그 문제에 대한 고민을 마냥 방치해 둔 것은 아니지만, 막상 사태가 급진전해 일이 이런 식으로 해결되고 강이찬이 복귀할 때가 다가오니 슬슬 그 문제 해결 방안도 생각해 두어야 했다.

'이래서 전예은의 능력은 내게도 양날의 검이란 말이지.'

적잖은 시간 동안 전예은을 부하로 데리고 있지만, 나는 아직도 전예은의 능력이 어떤 식으로 작용하는지 제대로 감을 잡지 못한 상태였다.

'나한테만 면역인가 하면 딱히 그런 것도 아니었고…….'

그간 몇 가지 실험을 해 본 결과, 내가 엮인 문제는 그녀가 설령 제3자를 통하더라도 내가 개입했다는 흔적을 찾을 수 없는 것으로 확인됐다.

하지만 그렇다고 하더라도 전예은이 강이찬을 보면 그가 구봉팔과 함께 부산에서 무슨 일을 했는지 알게 될 터.

전예은도 바보가 아니니, 그녀가 거기서 모종의 단서나 흔적을 읽어 내고 내 개입을 떠올릴 가능성을 낙관할 수는 없다.

'어쨌거나 강이찬의 과거를 알고서도 침묵을 지킨 사람이니 입이 무겁다는 건 알고 있지만…… 이거, 한동안 강이찬과 전예은을 따로 떨어트려 놔야 하나.'

그래 봐야 미봉책에 불과하다.

생각에 잠겨 있으려니 전예은이 나를 보며 고개를 갸웃했다.

"사장님, 무슨 고민 있으세요?"

"아……."

나는 대강 둘러댔다.

"아까 전 백하윤 대표님 전화를 받는데, 크리스가 컴퓨터를 갖고 싶다고 해서요. 그 내용을 떠올리고 있었습니다."

"그러셨군요."

크리스가 컴퓨터를 바란다는 이야기에 전예은은 쓴웃음을 지었다.

"안 그래도 크리스가 컴퓨터에 큰 흥미를 보이기는 하더라고요. 백하윤 대표님께는 죄송하게 됐어요."

"신경 쓰실 거 없습니다. 백하윤 대표님도 크리스에게 컴퓨터를 사 주실 때는 다 생각이 있어서 그러는 것일 테니까요. 얼마 전에도 대표님과 그쪽 문제로 이야기를 나눴고……."

마침 엘리베이터가 도착해 자연스럽게 끊어진 이야기를 전예은이 받았다.

"아, 온라인 음원 판매 말씀이죠?"

"예. 아직은 조금 시기상조지만 미리 준비해서 나쁠 건 없으니까요."

그렇게 대화를 나누며 엘리베이터에 올라 탄 우리는 로비를 나설 때까지 대화를 주고받았다.

"아 참, 택시를 불러 둔다는 걸 깜빡했어요."

전예은은 입구를 나선 뒤에야 허둥지둥 놀라며 핸드폰을 꺼내 들었다.

"잠시만 기다려 주세요. 금방 부르겠습니다."

"아뇨, 괜찮아요. 여기서 적당히 잡아타면 되는데요."

"안 돼요. 불과 얼마 전에 택시 강도 사건도 있었고……."

아, 박상대가 죽은 단초를 제공한 그 사건 말인가.

도박에 빠져 사채 빚에 시달리는 택시 기사가 박상대가 가진 현금에 눈이 멀어 그를 강도 살해한 사건은 한동안 뉴스 메인을 장식할 정도로 큰 사회적 파장을 불러일으켰다.

그 문제 때문인지 택시 업계는 아직껏 그 여파로 은근한 불황을 맞은 모양이었다.

'그간 많은 일이 있어서 별 체감을 못 했는데, 생각해 보니 그 사건도 별로 오래된 일이 아니군.'

그래서 강이찬이 부재중인 최근 내가 택시를 탈 때마다 다들 어딘가 께름칙한 모습을 보이곤 했던 것이리라.

나는 전예은을 보며 빙긋 웃었다.

"그러면 예은 씨가 도와주면 되겠네요."

"네? 아, 네. 그래서 지금 전화를……."

"그게 아니라 예은 씨, 사람 보는 눈은 확실하잖아요?"

내 말에 전예은은 눈을 깜빡이며 나를 보더니 잔잔한 미소를 지었다.

"그 말씀이군요."

전예은은 그런 내 말에 기분이 좋은 건지, 나쁜 건지 분간이 가지 않는 얼굴로 입을 뗐다.

"알겠습니다. 택시를 잡아 볼게요."

전예은은 갓길로 나가 택시를 부르려 손짓했고, 머지않아 택시가 전예은 앞에 멈춰 섰다.

"기사님, 이 아이가 서울 S동까지 가는데요."

전예은은 나를 마치 동생처럼 소개하며 목적지를 밝혔고, 택시기사는 장거리 운행에 웃음을 참았다.

"갑니다. 타세요."

"네. 그럼……."

전예은은 나를 보며 미소를 지었다.

별다른 말이 없으니 안전한 택시기사인 것이리라.

나는 택시에 타며 전예은에게 인사했다.

"누나, 내일 봐요."

"……응."

나는 저 멀리 택시가 보이지 않을 때까지 눈으로 배웅하는 전예은을 바라보다가 고개를 돌렸다.

'지금으로선 사정을 알게 되어도 나를 배신하지는 않을 것 같긴 한데…….'

전예은은 지금 생활에 더할 나위 없이 만족하는 것처럼 보이니, 그녀가 나를 배신하게 될 땐 저울 반대편에 이 인생을 포기할 만한 일이 생겨야만 할 것이다.

'……일단 보험 삼아 한동안은 전예은이 강이찬과 마주칠 일이 없게끔 해야겠군.'

생각을 마친 나는 핸드폰을 꺼내 전화를 걸었다.

그 시각, 광수대는 신진물산 압수 수색 후 증거품을 뒤적이느라 정신이 없을 지경이었다.

정진건은 별다른 소득이 없었던 광금후의 취조 내용을 검토하던 중 전화를 받았다.

"예, 강력계 정진건 형사입니다."

—……수고하십니다. 김강철 형사입니다.

김강철 형사라면 이번 수사 때 큰 도움을 준 부산 경찰이었다.

"아, 예. 잘 지내셨습니까?"

정진건은 이 소식을 김강철에게도 알려야겠다는 생각을 하던 차에 마침 잘됐다고 생각하며 수화기를 목 사이에 끼웠다.

하지만 김강철의 목소리가 떨떠름했다.

—그게…… 에휴. 혹시 바쁩니꺼?

심지어는 한숨을 내쉬기까지.

사적인 고민 상담을 주고받을 정도로 친분이 깊은 것은 아니니, 응당 사건과 관련한 고민일 터.

정진건이 수화기를 고쳐 쥐었다.

"무슨 일 있으십니까?"

—예. 저희 반장님은 입 다물고 있으라꼬 했지마는…….

김강철이 목소리를 조금 낮춰 말을 이었다.

-마. 그라도 우짜든 간에 정 형사님은 이번 일을 알고 계셔야 할 거 같아서 말입니다.

김강철이 어조를 진지하게 하며 말을 이었다.

-광남파 금마들이 약을 치뿐 모양입니다.

약을 쳤다?

정진건은 순간적으로 그가 무슨 말을 하는지 몰라 당황했다.

"그게 무슨 말씀입니까?"

-후우.

김강철이 한숨을 내쉰 뒤 말을 이었다.

-실은 우리 쪽에 정보가 풀리가…….

그리고 김강철은 목소리를 낮춰 오늘 무슨 일이 있었는가를 시간 순서대로 말했다.

그 전부터 부산 경찰 측은 부산 조폭들이 연합을 구성해 무언가를 하려 한다는 정보를 입수했다.

그러던 부산 경찰, 김강철이 속한 부서에 전화 한 통이 걸려 왔다.

-신고자 말로는 어디 폐공장에서 조폭들이 모여가 마약 거래를 하는 거 같다 카대예.

마침 부산 경찰들은 이 일에 촉각을 곤두세우고 있던 터여서 이를 단순 장난 전화로 취급하지 않고 기동대를 꾸려 현장을 급습, 거기서 각 부산 조폭 거두들이 '하얀 가루'를 두고 거래 중인 것을 발견하여 현장에서 전원 체포를 했다는 말을 전했다.

정진건은 그 대목에서 '축하드립니다.' 하고 인사를 건넬 뻔했지만, 일이 잘 끝났다면 김강철이 침울한 어조로 전화를 걸어올 일도 없었을 것이란 생각에 미쳤다.

"그런데 무슨 일이 있었습니까?"

—예에. 뭐.

김강철이 입맛을 쩝쩝 다시며 고백하기론, 현장에서 압수한 '하얀 가루'는 밀가루였다고.

'밀가루?'

은어가 아닌, 한 치의 의심의 여지도 없는 밀가루.

'거참, 놈들이 정말로 약을 쳤군.'

그것만 하더라도 헛웃음이 나올 뻔한 걸 간신히 참았는데 이어진 다음 대목에선 정진건도 정색을 할 수밖에 없었다.

—그리고…… 좀 뭣한 이야기이기는 한데, 서상님 병령이 와가 네 놈을 풀어 줬심다.

"서장님 명령으로 네 사람을 풀어 주었다고요?"

—예. 그중에 오명태 금마도 포함되어 있고…….

그러며 김강철은 '오명태'를 비롯한 네 사람의 이름을 말해 주었는데, 박진호와 김명훈이란 사람은 모르지만 개중에 '마동철'이 포함되어 있다는 것에 놀랐다.

"마동철 그 사람이 거기에 있었다고요?"

-예.

마침 얼마 전 김강철은 정진건에게 '부산에 내려와 있는, 서울에서 연예계 사업을 하는 마동철'에 대해 알아봐 달라는 부탁을 했고, 광수대 정진건 팀 내에서도 그와 관련한 논의가 나온 적이 있었다.

관련해서 강하윤은 전예은에게 전화를 걸어 혹시 마동철이란 사람에 대해 아는지 사적인 친분에 기대어 물어보았고, 그 결과 마동철이 SJ엔터테인먼트에 전무로 재직 중이라는 사실을 알아낸 바.

'여진환은 그게 석동출의 위장 신분이 아닌가 하는 의심도 했지.'

김강철이 물었다.

-지금 묻기는 좀 그런데, 혹시 알아보셨습니까?

"예, 저희도 알아보았습니다만, 혹시 동명이인이 아닌가 하는 생각이 들어서 좀 더 시간을 들여 따로 조사 중이었습니다."

김강철은 자신의 요청을 묵살한 것이 아닌 것에 다소 흡족한 듯했다.

-흐음…… 어떤 사람이었습니꺼?

"제 부하가 그쪽에 아는 사람이 있어서 알아낸 사항인데, 저희가 알아낸 마동철은 아주 번듯한 사람인 것 같더군요.

그래서 저희는 그가 동명이인이거나 그가 마동철을 사칭하는 사람이 아닌가 하는 의심을 하고 있었습니다."

−사칭이라······.

정진건은 여진환이 내놓은 가설을 머릿속에 떠올리며 그에게 물었다.

"혹시 그쪽에서 체포한 마동철의 인상착의가 어떠했는지 알아봐 주실 수 있습니까?"

−어렵지 않지요. 좀만 기다려 주시오.

이쪽에서 '마동철'의 신분증 사본이라도 팩스로 받아 볼 수 있다면 그 의혹의 해답이 좀 더 확실해질 테니까.

수화기를 든 채 잠시 기다렸더니 김강철이 다시 입을 뗐다.

−여보세요, 정 형사님?

"예. 듣고 있습니다."

−그, 뭐시냐, 좀 미안하게 됐심더.

"······무슨 일입니까?"

김강철은 면목이 없다는 듯 말했다.

−마동철이 조사한 아가 들어온 지 얼마 안 된 놈이라······ 게다가 금마가 신분증도 없었다카네예.

그야말로 초보적인 실수였지만, 정진건은 이해해 주기로 했다.

'수십 명을 한 번에 붙잡아 두었으니, 세심하게 챙길 여력

이 없었겠지.'

정진건이 쓴웃음을 지었다.

"어쩔 수 없군요. 그래도 인상착의 정도는 들어 볼 수 있겠습니까?"

ㅡ아, 예. 들으니까네 희여멀건하고 호리호리한 게 쫌 인텔리 느낌이 났다 캅니다.

희여멀건하고 호리호리한 인텔리 느낌이라.

여진환에게 그런 이야기를 들어서인지는 몰라도 정진건은 왠지 석동출 형사의 인상이 머릿속에 그려졌다.

'어쨌거나 그래서 부산 경찰들도 방심해서 별 주의를 기울이지 않은 모양이지.'

정진건이 고개를 끄덕였다.

"알겠습니다. 그러면 저희 쪽에서 내일 당장이라도 저희가 아는 마동철 씨를 만나러 가 보죠."

ㅡ그리 해 주시겠습니꺼?

"그럼요."

어쨌거나 부산에 있는 마동철은 마순태 회장이라는 조폭의 조카라고 하니, 그에게 마순태와의 관계를 물어보면 최소한 동명이인인지 사칭범인지 정도는 확실해질 터.

"그러면 마동철에 대한 조사는 저희 쪽에 맡겨 주십시오."

ㅡ그리하입시더.

"아, 그리고 광남파 관계자로 추측 중인 오명태란 인물에

대해서 말씀해 주실 수 있겠습니까? 전해 드리는 게 조금 늦었습니다만…….'

정진건은 김강철에게 광수대가 신진물산에 대해 압수수색 영장을 발부받아 수사 중임을 알렸다.

—거기 영감님은 우리랑은 다르게 일 처리가 확실하네예.

김강철이 부러움이 묻어나는 어조로 말했다.

—우짜든동 금마는 제가 직접 조사를 했으니 쫌 확실합니더. 오명태가는 잡아떼고 있었지마는 광남파 관계자라는 거는 확실해 보이고, 또 가가 창원에 살고 있단 것까지도 알아냈고 말이지예. 집 주소도 따 놨심더.

김강철이 말을 이었다.

—그래가, 안 그래도 창원 쪽에다가 연락을 해가 오명태란 놈 집 주변에 잠복 인원 쫌 넣어 달라꼬 말을 해 뒀거든예. 우짜든동 간에 금마가 수상한 것은 사실이고, 꼬리가 있으믄 언젠가 자연스레 밟히지 않겠습니까.

"그러셨군요."

—마, 그런 의미에서 보자믄 이짝이 쪽은 좀 팔았지만 다른 한편에서는 광남파 금마들한테 한 걸음 더 다가간 것도 사실 아입니꺼. 마침 서울서도 정 형사님이 신진물산 쪽을 수사해 주고 계시기도 하고예.

그래, 광남파 측이 부산 조폭들과 작당하고 엿을 먹이긴 했지만 긍정적인 측면도 있었다.

'꼬리 자르기용으로 보냈는지는 몰라도 어쨌건 베일에 싸

인 광남파가 그 실체를 드러냈으니.'

정진건이 물었다.

"그런데 체포하신 조폭들은 어떻게 하실 겁니까?"

─우짜기는예. 지금이 쌍팔년도도 아이고, 괘씸하기는 하지마는 풀어
주야지요.

김강철이 한숨을 푹 내쉬었다.

─진짜, 예전 같으믄 마, 구치소에 하루 이틀쯤 박아 둘 낀데, 요샌 범
죄자 인권이니 뭐니 하는 거이 골 때린다 아입니까.

"하하. 그렇죠."

─그래도 마, 보아하이 이번에 부산 조폭 아들도 광남파 물 묵은 느낌
이 확 나네예. 광남파가 무신 일로 밀가리를 마약처럼 갖고 와가 그 지랄
을 떨었는가는 모르지만······.

순간 김강철이 말꼬리를 흐렸다.

─잠시만예.

그리고 김강철은 누군가와 두런두런 대화를 주고받더니
심각한 어조로 다시 수화기에 말을 이었다.

─하아, 돌겠네.

"무슨 일입니까?"

정진건은 '이번에는 또'라는 앞말은 생략한 채 말을 받았
다.

─그게 말입니다. 이게 왠지 수상쩍기는 한데.

그렇게 운을 뗀 김강철이 말을 이었다.

─방금 들었는데 창원에 있는 뭐시냐, 물류 창고에서 불이 났다카네예.

불? 화재?

─지금 창원 쪽은 그 일 때문에 정신이 없다 캅니더. 방화인지 뭔지는 나중에 알아봐야 칸다고는 하는데…… 이거 쫌 공교롭지 않습니꺼?

공교롭다.

정진건은 김강철의 그 말에 내심 동의했다.

부산 조폭 거두들을 한자리에 모아 두고 마약 거래 현장인 것처럼 소집을 해 놓고, 정작 마약인 줄 알았던 것은 밀가루였다.

'양동작전? 대체 뭘 위해서?'

정황을 놓고 보면 부산 조폭 두목들이 있는 곳을 A라고 할 때, 화재가 난 곳을 B라고 칭할 수 있을 것이다.

'광남파에서 무언가 부산 조폭 측에 화해의 제스처를 취하려 했나? 그리고 거기에 마약 대신 밀가루를 준비해 조폭 두목들을 묶어 둔 뒤, 광남파 핵심은 아지드를 징리했다거나.'

아니, 아직 확실한 건 아무것도 없다.

하물며 김강철이 전한 이 말은 지방 뉴스에서만 짤막하게 지나갈 뿐 수도권에서는 보도조차 되지 않을 수도 있었고, 이번 화재도 광남파와 무관한 일일지 모른다.

그럼에도 정진건이 거기에 심상치 않은 느낌을 받은 것도 '형사의 감'이란 것 때문일 것이다.

'······이거, 어쩌면 지금 수사 중인 신진물산 건에도 영향을 끼치는 거 아닐까?'

짧은 생각 끝에 정진건이 입을 뗐다.

"공교롭군요."

－그치예?

김강철은 자신의 말에 동의해 주는 정진건의 대답이 못내 마음에 든 모양이었지만, 정진건의 귓가로 수화기 너머 김강철 형사를 찾는 목소리가 아득하게 들렸다.

－······암튼 그쪽에서 어떻게 수사가 이뤄지는가 하는 건 나중에 듣기로 하고. 좀 바쁜 모양이니 나중에 또 통화하입시다.

"예, 그러시죠. 이만 끊겠습니다."

정진건은 수화기를 내려놓은 뒤 한숨을 내쉬며 의자에 등을 붙였다.

'도대체 이 일이 어떻게 흘러갈는지.'

생각을 마친 정진건은 자리에서 일어나 서류를 한아름 들고 분주하게 움직이는 강하윤을 불러 세웠다.

"강 형사."

"예, 선배님."

"내일 잠깐 시간 좀 내주겠나?"

정진건의 말에 강하윤은 어리둥절한 얼굴로 고개를 갸웃했다.

택시에서 내려 값을 치르고 집에 들어가려는데, 핸드폰이 울려 잠시 그 자리에 멈춰 섰다.

"여보세요."

─여보세요. 사장님, 강이찬입니다. 늦은 시간에 전화드려 죄송합니다.

누군가 했더니 강이찬이었다.

"아닙니다. 괜찮아요. 일은 끝마쳤습니까?"

─예. 지금 구봉팔 씨와 차로 복귀 중입니다. 구봉팔 씨는 옆자리에서 운전 중입니다만 바꿔 드릴까요?

"아뇨, 운전 중이실텐데 안부만 전해 주세요."

이 시대에는 아직 '운전 중 핸드폰 사용'에 대한 경각심은 커녕, 그게 위험한 일인지도 모르고 있으니까.

─예. 그러겠습니다. 그리고 내일부터는 정상적으로 출근이 가능할 것 같아서 늦은 시간임에도 불구하고 전화를 드렸습니다.

성실하기는.

'말이 휴가지, 사실상 출장이나 다름없어서 제대로 쉬지도 못했을 텐데.'

나는 강이찬을 배려해 내일 하루는 더 쉬게 해 주고 싶었지만, 그 성격상 '내일은 쉬세요.' 하고 말한들 들어줄 것 같지도 않고.

'전예은이랑 마주치게 하는 것도 고민해 봐야 하는데⋯⋯.

아, 이러면 되겠군.'

　그럴듯한 아이디어를 떠올린 나는 강이찬에게 생각난 바를 전했다.

　"잘됐군요. 안 그래도 이걸 누구한테 부탁하면 좋을까 생각하고 있었는데 강이찬 씨가 복귀하신다고 하니 안심입니다."

　—……예?

　전화기 너머 강이찬은 당황했다가 이내 목소리를 가다듬었다.

　—무슨 부탁인지는 모르겠습니다만, 말씀만 하십시오.

　"예, 어려운 일은 아니고…… 사적인 심부름만 조금 해 주시겠어요?"

　—사적인……. 문제없습니다.

　"걱정 마세요. 이 일도 근태에 포함해 드릴 테니까요.

　나는 크리스가 컴퓨터를 사러 가는 일에 강이찬을 운전기사로 딸려 보낼 생각이었다.

　—그걸 걱정하지는 않았습니다.

　말하고 보니 강이찬이 내게 전화를 건 것은 따로 할 말이 있어서가 아닐까, 하는 생각이 들기는 했지만.

　'그건 차차 들으면 될 테지.'

　강이찬과의 통화를 마치고 집으로 들어가기 직전, 나는 정작 한성진 본인의 의견을 묻지 않은 것에 생각이 미쳤다.

　'……뭐 그렇기는 한데, 내 성격상 당연히 해 주지 않겠어?'

생각하고 보니 나 자신은 전생부터 남들에게 꽤 호구 잡히고 살아왔구나 싶긴 했다.

최봉식이 경찰서에서 풀려난 것은 밤이 깊어서였다.

그가 이 늦은 시간에나마 풀려날 수 있었던 것은 오명태가 가져온 하얀 가루가 밀가루였다는 사실이 판명되어서인 것도 있겠지만, 최봉식이 변호사를 통해 지역 유지를 엮어 경찰서에 전화를 한 통 넣도록 한 것이 컸다.

그래서 그만한 뒷배가 없는 다른 조직 두목이나 조직원들은 괘씸죄를 적용, 경찰도 필요 이상으로 그들을 붙들어 두고 있었던 것인데.

'빌어먹을.'

옛날 같으면―조사를 빌미로 한다지만―감히 이렇게 늦은 시간까지 붙들어 놓지 못했을 것인데, 확실히 시대가 변하긴 한 모양이었다.

심지어 최봉식은 다른 조직원들처럼 소변 검사와 체모까지 제공하는 수모를 겪은 것도 모자라, 나오는 길에 형사에게 '조만간 또 보입시더' 하는 건방진 소리까지 들었다.

'참말로 시대가 변하기는 변했는갑다.'

예전에는 그들로부터 '용돈'을 받아 챙기는 경찰들이 수두

룩했건만, 지금은 천하의 최봉식도 경찰 앞에서 고개를 꾸벅 숙여야 했다.

그러잖아도 뉴스에서 대한민국을 OECD에 가입시키느니 마느니 한다더니, 이제 한국은 자력갱생하는 무력의 시대를 지나 서서히 법치국가적인 면모를 갖추기 시작하는 듯하다고, 최봉식은 생각했다.

'우리 같은 부류는 살기 힘들어진 거지. 아마 갈수록 더 힘들어질 게야.'

그나저나 어떻게 돌아간다.

현장에 함께 있던 그의 전속 운전기사는 미처 빼내질 못해 경찰에 붙들려 있는 상황이고, 차 열쇠도 경찰서에 있었다.

그렇다고 경찰서로 돌아가서 차 열쇠를 받아 와 직접 운전을 하는 것도 성에 차질 않고.

'택시를 타야 하나.'

그런 최봉식에게 정장 차림 사내 둘이 나타나 그에게 고개를 숙여 인사했다.

"오셨습니까, 행님."

어디서 본 기억이 났다.

"동호 밑에 있는 아들이가?"

"예, 행님."

기특하게도 서동호가 미리 차를 대기해 둔 모양이었다.

'짜슥.'

최봉식은 부하들이 경찰서 근처에 대기시켜 둔 차에 올라 탄 뒤 뒷좌석 시트에 몸을 파묻었다.

본인이 타는 외제 세단에 비하면 급이 떨어지지만, 그래도 국산 중에선 꽤 알아주는 차였다.

"집으로 가자."

"예, 행님."

운전대를 쥔 부하가 차를 몰았다.

'그나저나 광남파 이 새끼들이 최후의 발악을 했구먼.'

하지만 방금 겪은 일을 생각해 보자면, 오명태가 그 자리에 마약이 아닌 밀가루를 가져온 것은 복으로 작용한 셈일 정도였다.

그는 오만불손하던 오명태의 얼굴을 떠올렸다가 피식 웃었다.

최봉식은 말 그대로 뒤통수를 맞은 셈이었지만, 생각하는 것처럼 분노는 일지 않았다. 뒤통수를 친 것으론 그가 몸 담고 있는 부산 조폭 연합도 마찬가지였으니까.

아니, 그들의 본진을 쳤으니 오히려 더 거하게 후려갈겼다고도 할 수 있으리라.

'……아니다. 그라고 보이 아직 보고를 안 들었지.'

최봉식이 물었다.

"야야, 동호한테 연락 온 거 없나."

조수석에 앉은 부하가 대답했다.

"아직 없습니더, 행님."

순간 최봉식은 묘한 위화감을 느꼈지만, 관성적으로 신경질을 내며 명령했다.

"그라믄 퍼뜩 연락 함 해 봐라."

"예, 행님."

부하는 핸드폰을 꺼내 전화를 걸었고, 이내 부하가 입을 뗐다.

"동호 행님, 큰 형님 나오셨습니더."

그리고 부하는 재차 예, 예, 하고 고개를 끄덕인 뒤 공손하게 전화를 바쳤다.

"행님, 동호 행님이 바꿔 달라카시는데예."

"……."

누가 누굴 바꿔?

최봉식은 부하의 예의 없는 행동에 헛웃음이 나올 뻔한 걸 간신히 참았다.

어쨌거나 서동호와 연락이 되었다는 건 일이 잘 풀렸다는 방증이기도 했고, 그건 오늘 겪은 기분 나쁜 일을 조금 덜어낼 정도로 꽤 기분이 좋은 일이었으니까.

"주바라."

"예, 행님."

아무튼 요즘 애들은 압존법도, 어른에게 어떻게 말해야 하는지도 모른다.

최봉식은 이 또한 시대의 변화라 생각하며 전화를 받았다.

"내다."

—행님, 괜찮으십니꺼.

"암. 그나저나 그쪽은 어떻게 됐노?"

—싹 다 정리했습니더. 나머지는 부산 창고에서 작업할라꼬예.

요즘 들어 서동호가 자신의 후계자로 타당한지 고민이 깊은 최봉식이었지만, 어쨌거나 서동호의 일 처리 실력 하난 믿을 만했다.

"그래, 욕봤다. 상황 정리 끝나믄 배나 함 타자. 내 니한테 긴히 할 말도 있고."

—……예, 행님.

최봉식이 전화를 끊으려는데 서동호의 목소리가 들렸다.

—행님.

"뭐꼬?"

서동호는 잠시 아무 말이 없다가 쾌활하게 덧붙였다.

—그날에는 제가 도미 한 마리 잡아다 회 떠 드리겠습니더.

"……짜슥, 싱겁구로. 알았다."

최봉식은 전화를 끊은 뒤 핸드폰을 보며 픽 웃었다.

'내도 요새 눈이 쓸데없이 마이 높아짔나 보다.'

조광에서 온 걸출한 청년(최봉식 기준에는 구봉팔도 청년이다) 둘을 보아서 그렇지, 아닌 말로 서동호 정도면 봉식이파를 믿고 맡겨도 충분할 정도다.

서동호는 그래 봬도 머리 회전도 꽤 빠릿빠릿한 데다가 그 무력만큼 담력도 강해서, 그 진가를 알아본 최봉식도 그가 천상 조폭이란 생각을 하곤 했던 것이다.

'다만 그 무대뽀가 이런 시대에도 통할지는 모르겠다마는.'

그걸 두고 늙은이의 잔걱정이라고들 하는 걸까, 최봉식은 어쨌건 이번 일이 마무리되면 서동호의 본격적인 후계자 교육에 들어가야겠다고 생각했다.

'인자는 한두 번 실수도 용납이 안 되는 세상이니까.'

최봉식은 바깥 풍경을 바라보며 품을 뒤졌다가, 경찰에게 압수당한 걸 돌려받지 않았다는 걸 깨닫곤 인상을 찌푸렸다.

"……씁. 야야, 담배 있나."

조수석의 부하가 즉각 몸을 돌려 공손히 담배를 바쳤다.

"여기 있습니더, 행님."

손이 조금 덜덜 떨리는 걸 보며 최봉식이 픽 웃었다.

"불 함 붙이 봐라."

"예!"

최봉식은 부하가 붙여 준 담배를 한 모금 깊이 빤 뒤 다시 뒷좌석 시트에 등을 붙였다.

저렇게 빠릿빠릿한 걸 보면 눈치는 있는데 말이지.

'이기 다 못 배워 묵으가 그라는 기라.'

최봉식은 담배를 한 모금 더 빨았다가 인상을 찌푸렸다.

"마, 담배 맛이 와 이렇노."

"죄송합니더, 행님. 새로 나온 담배라……."

"……짜슥이."

최봉식이 앞좌석을 발로 가볍게 걷어찼다.

"거, 사내 자슥이 변명하지 말라꼬 안 배웠나."

"……시정하겠심니더."

"됐다, 마."

이 쫌에 신참 교육을 하는 것도 영 모양새가 안 나는 일이고.

'그나저나.'

담배로 굳었던 머리 회전이 조금 빨라져서 그런 것일까, 최봉식은 깜빡 잊고 있던 자연스러운 의문점에 도달했다.

'……신고는 언놈이 했을꼬.'

가장 유력한 것은 오명태일 것이다.

협상 테이블에서 오명태가 보인 오만불손한 태도는 말 그대로 죽기로 작정한 것이 아니고서야 나올 수 없는 것이었고, 만약 대신 밀가루를 준비한 걸 보면 처음부터 경칠을 부르기로 작정한 것일 터.

'문제는 그래가 광남파 놈들이 무신 이득이 있다는 건지 모르겠다 이긴데…….'

단순히 골탕을 먹이려고 한 거라면, 장난으로 치부하기엔 짊어질 위험부담이 큰 장난질이었다.

'새끼들, 우리랑 전면전을 할라 캤나?'

그렇다고 한들 꼬리까지 드러내 가며 경찰의 주목을 끌어버린 상황에 나댈 수 있을 리가 없으니, 이번 일의 의도는 사실상 양측의 손발을 묶어 두는 일이나 다름없는 행위.

단순하게 보자면 뛰는 놈 위에 나는 놈 격으로 저쪽이 대비한 모종의 행위에 앞서 부산 조폭 연합이 먼저 나서서 뿌리를 뽑아 버린 것으로 치부해 버릴 수도 있겠지만.

'왠지 찜찜하구먼.'

최봉식은 무심결에 담배를 한 모금 더 태웠다가 습관처럼 이 맛없는 담배를 또 피우고 말았다는 것에 인상을 찌푸렸다.

'참말로, 요새 아들은 이런 게 뭐가 좋다고…….'

뭐, 요즘 애들이 듣는다는 귀가 시끄러운 대중가요를 생각하면 늙은이가 젊은이를 이해하는 일이란 요원한 것일지도 모른다.

'내도 후딱 물러나야겠구먼.'

그는 문득 취조 때 마동철(석동출)과 박진호(구봉팔), 김 교수며 오명태 네 사람을 보지 못한 것 같단 것에 생각이 미쳤다.

물론 따로 취조에 들어갔을 수도, 단순히 길이 엇갈려 만나지 못한 것일지도 모르지만 변호사를 통해 뒷배를 써 가며 남들보다 일찍 나온 최봉식은 혹시 그들이 자신보다 먼저 경찰서를 나와 만난 것은 아닌가, 하고 생각했다.

'만일 그렇다 카면…….'

등골이 오싹해지는 감각을 느꼈다.

서동호는 어떻게 자신이 경찰서에서 나올 걸 예상하고 미리 차를 준비해 둔 것일까?

최봉식은 순간, 머리가 어지러워지는 걸 느꼈다.

"어, 어어. 와 이라노."

혀가 굳는 것처럼 느껴지기도 했고, 속이 메스꺼운 게 욕지기까지 치밀어 올랐다.

'……설마?'

그 직후 최봉식은 웩웩거리며 속에 든 걸 게워 냈다.

그 덕분일까, 잠깐 회광반조처럼 머리가 맑아진 최봉식은 생각했다.

'옘병, 당해 뿟다.'

하지만 최봉식은 갈수록 의식이 희미해지는 걸 느끼며 무의식중에 조수석에 앉은 부하의 머리채를 쥐려 했지만.

'동호 그 새끼가 내를……'

최봉식의 손은 뻣뻣하게 굳어 허공을 허우적거리다가 둑, 무릎 아래로 떨어졌다.

다음 날, 정진건은 강하윤을 대동하고 아침 일찍 SJ컴퍼니로 향했다.

광수대 동료들은 대부분 밤샘 철야 서류 작업으로 출근이 늦었고, 강하윤도 자신 앞에 떨어진 서류 더미가 잔뜩 있었지만 정진건은 어제 그녀로 하여금 일찍 퇴근하고 아침 일찍 출근할 것을 명했던 터.

　　그러면서 정진건은 퇴근도 하지 않고 광수대에 남아 방준호 수사관과 무언가 이야기를 나누었던 것이다.

　　'무슨 일로 그러시는 걸까.'

　　의아해하는 강하윤에게 정진건이 툭 말을 붙였다.

　　"강 형사, 전예은에게 전화 한 통 걸어 줄 수 있겠나?"

　　조수석의 강하윤은 어리둥절한 얼굴로 정진건의 말을 받았다.

　　"예? 아, 네. 그런데 예은이한테는 무슨 용건이십니까?

　　"정확히는 그 회사 출입증 좀 발급받았으면 해서."

　　SJ컴퍼니 출입증?

　　정진건이 말을 이었다.

　　"오늘 마동철 전무를 한번 만나 볼까 하거든."

　　마동철.

　　얼마 전 사무실에서 언급된 바 있던 그 이름을 떠올린 강하윤은 표정을 딱딱하게 굳히며 고개를 끄덕였다.

　　"알겠습니다."

　　강하윤은 핸드폰을 꺼내 전예은에게 전화를 걸었다.

　　─여보세요.

"아, 예은아. 혹시 출근했니?"

-네, 언니. 이제 막 회사에 도착했어요.

"그렇구나."

강하윤은 괜스레 정진건의 눈치를 살피며 말을 이었다.

"지금 정진건 형사님이랑 너희 회사로 가는 길인데…….
잠깐 마동철 전무님을 만나 뵙고 인사를 드릴 수 있을까?"

착각일까, 전예은이 헛숨을 들이키는 소리가 들렸다.

-저…… 언니. 무슨 일로 그러시는지 여쭤봐도 될까요?

강하윤은 난처한 얼굴이 됐고, 정진건이 빈손을 내밀었다.

"바꿔 주겠나?"

"아, 예. 예은아, 정진건 형사님 바꿔 드릴게."

-아, 넵.

정진건이 강하윤에게 핸드폰을 건네받았다.

"여보세요."

-네, 형사님.

"아침부터 미안하다."

-아니에요. 괘념치 마세요.'

"지금이 아니면 시간이 안 날 것 같아서. 음, 다름이 아니
라 회사와 무관한 일로 마동철 전무님 개인에게 조금 물어보
고 싶은 게 있는데, 전무님은 지금 회사에 계시나?"

-그럴…… 거예요.

영장을 발부받아 진행하는 일이 아닌 만큼, 마동철 측에서

면담을 거부한다면 이쪽은 그를 만날 방도가 없기에 정진건의 말은 평소와 달리 꽤 구구절절했다.

"오래 걸리지는 않을 거야."

─……알겠습니다. 전무님께 문의 후 연락드릴게요.

"그래. 고맙다. 강 형사 바꿔 줄까?"

─아니에요. 괜찮습니다.

"음. 먼저 끊지."

정진건은 한 손으로 전화를 접어서 끊은 뒤 핸드폰을 강하윤에게 돌려주었다.

"저, 선배님. 그런데 마동철 전무님께는 무슨 용건이십니까?"

그것도 한창 신진물산 압수수색으로 바쁜 와중에.

정진건은 강하윤의 질문에 잠시 뜸을 들였다가 대답했다.

"어쩌면 이번에 나온 영장 결과가 흐지부지될지도 모를 일이거든."

"……예?"

그 말을 들은 강하윤은 뜨악한 얼굴을 했으나 정진건은 생각에 잠긴 얼굴로 운전을 계속할 뿐이었다.

차를 몰아 회사에 도착한 정진건과 강하윤은 로비에서 그들을 기다리고 있던 전예은과 마주했다.

"안녕하세요."

그들을 발견한 전예은이 먼저 웃는 낯으로 인사를 건넸다.

정진건은 전예은이 왠지 자신과 강하윤을 번갈아 관찰하는 것 같다고 생각하며 그녀의 인사를 받았다.

"아침부터 미안하게 됐군. 굳이 마중 나올 필요는 없는데."

"아니에요, 아까 전화로도 말씀드렸지만 신경 쓰실 것 없어요."

전예은은 사교적으로 인사를 받은 뒤 그들에게 임시 출입증을 건네며 말을 이었다.

"출입증은 미리 발급 받아 뒀어요. 목에 패용하시는 거 잊지 마세요."

강하윤이 임시 출입증을 목에 걸며 웃었다.

"다 준비해 뒀네? 우리가 바쁜 사람 붙잡고 있는 건 아닌가 몰라."

"에이, 아니에요, 언니."

전예은은 웃으며 부정했지만, 정진건은 전예은이 임시 출입증을 미리 발급 받아 둔 것이 회사 내 다른 사람들로 하여금 경찰이 다녀갔다는 걸 모르도록 하려는 건 아닌가, 하고 생각했다.

'……아니, 그 생각은 너무 나갔나.'

두 사람이 임시 출입증을 패용하길 기다린 전예은이 앞장섰다.

"SJ엔터테인먼트는 이쪽 엘리베이터를 타야 해요. SJ엔터테인먼트가 저희 자회사이긴 하지만 연예인들이나 업계 관계자분들은 다른 사람들 눈에 띄는 걸 별로 좋아하질 않거든요."

전예은은 마치 회사 견학을 시켜 주는 안내원처럼 재잘거리며 엘리베이터 버튼을 눌렀다.

"물론 모두가 그렇다는 건 아니지만 그쪽 업계엔 간혹 그런 분들도 계시다는 거지만요."

강하윤은 전예은이 평소 이상으로 쾌활한 모습을 보이는 것이 전예은도 이번 경찰의 비공식 방문을 다소간 불안해하는 것이 아닐까, 생각했지만 생각한 바를 입 밖에 내지는 않았다.

이윽고 그들은 SJ엔터테인먼트 사무 공간에 발을 들였다.

이른 아침이라고는 하지만 사무실에는 별로 사람이 없어 왠지 더 횡해 보였고, 전예은은 그에 관해서도 설명을 해 주었다.

"SJ컴퍼니에 재직해 계신 분들은 대개 외근을 가시거든요. 또, 사장님 지시로 시범적으로나마 자율 출근제를 도입하고 있기도 하고요."

일부러 맞장구를 치려 한 것도 있지만 강하윤은 전예은의 입에서 나온 생소한 단어에 고개를 갸웃했다.

"자율 출근제?"

"네. 출근 시간에 관계없이 규정된 근무 시간만 지키면 되는 시스템이에요. 지금은 SJ컴퍼니에만 도입하고 있지만 차차 효율을 봐서 회사 전체에 확장할 생각도 있어요."

일주일 동안 규정된 근무 시간만 채우면 언제 출근하고 퇴근하는지는 자율에 맡긴다니, 강하윤은 회사원들에겐 이만한 복지도 없겠구나 싶었다.

"게다가 월요일에서 금요일까지 근무시간을 채우기만 하면 무려, 토요일에 쉴 수도 있답니다."

"……우와."

토요일에 출근하는 것이 당연한 시대를 살아가는 강하윤은 진심으로 감탄했다.

그 대목에선 침묵을 지키고 있던 정진건도 끼어들었다.

"뭐, 우리 입장에서는 설령 적용되더라도 빛 좋은 개살구가 되겠지만."

"……선배님도 참."

정진건이 냉소하며 지적한 내용은 사실 비단 강력계 형사들에게만 적용되는 요소가 아니었다.

사실 이성진이 SJ엔터테인먼트에 시범적으로 이러한 시스템을 적용한 것도 SJ엔터테인먼트가 하는 일이 유독 상대의 들쭉날쭉한 스케줄에 맞춰야 하는 일이 많았기 때문에 불과했다.

그러니 이성진은 괜한 야근비며 특근비를 낭비하느니 각자 알아서 자신의 스케줄에 맞춘 일정을 소화하도록 근미래의 시스템을 적용한 것으로, 실제 취지와는 달리 근무시간을 초과해 주말에 출근하는 사원도 부지기수였다.

그렇다고는 하나 직원들은 설령 조삼모사라고는 이 근무 시스템에 퍽 만족하고 있었다.

원래 일이라고 하는 건 몰릴 때 확 몰리는 일이니, 다들 '이번 프로젝트만 끝나면' 하고 생각하며 초과근무의 나날을 버텨 내곤 했다.

또한 자고로 사람들은 이런 것에 맛을 들이면 예전으로는 돌아가기 힘든 법이어서, 이 시대에는 극히 드문 이성진의 근태 시스템은 숙련된 사원들의 이직률을 낮추는 효과도 있었다.

그렇게 두런두런 이야기를 주고받으며 그들은 사무실 가장 안쪽에 위치한 마동철의 개인 사무실까지 갔다.

전예은은 비서에게 용건을 말했고, 이내 비서가 사내 전화를 사용해 '손님이 오셨습니다' 하고 정진건 일행의 내방 소식을 알렸다.

마동철이 사무실에서 걸어 나왔다.

"오셨습니까."

정진건은 마동철을 보며 그가 김강철이 말한 '희여멀건하고 호리호리한' 인상과는 거리가 멀어도 한참 멀다고 생각했다.

'오히려 눈앞의 그가 전성기의 마순태란 인물과 얼추 인상착의가 더 비슷할 정도군.'

그리고 전무치고는 젊지만 그렇다고 너무 어린 나이도—이성진 같은 예외 케이스를 차치하더라도—아니었다.

'신생 기업의 창립 멤버인 임원이라는 느낌이라고 해야 하나.'

정진건은 그렇게 생각하며 손을 내밀었다.

"광수대 정진건 형사입니다."

"반갑습니다. SJ엔터테인먼트 마동철 전무입니다."

정진건과 마동철이 악수를 나눴다.

사정을 모르는 사람이 본다면 조폭 두 사람이 인사를 주고받는 무시무시한 광경으로 비칠 법했지만, 이 자리에 그런 걸 문제 삼는 사람은 없었다.

뒤이어 강하윤까지 인사를 마치고 정진건이 강하윤을 돌아보며 그녀에게 말했다.

"강 형사는 잠시 밖에서 기다려 주겠나? 마동철 전무님과 따로 이야기하고 싶은 게 있어서."

평소에는 불가피한 일이 아니라면 이런저런 일에 그녀를 꼭 대동하곤 하던 정진건답지 않은 명령이 강하윤은 다소 의아했지만, 강하윤은 일단 고개를 끄덕였다.

"예, 선배님."

정진건이 다시 마동철을 보았다.

"전무님만 괜찮으시다면 안에 들어가서 이야기를 나눴으면 합니다."

"문제없습니다."

마동철은 마동철대로 그가 무슨 용건으로 자신을 찾아온 것인지 의아해하며 정진건의 제안을 받아들였다.

'어쨌거나 공식적인 방문도 아니고……. 되도록 적은 사람만 아는 일이었으면 하는 일인 것 같긴 하다만.'

정진건을 개인 사무실 안으로 들인 마동철이 미리 내려 둔 커피포트 앞에 섰다.

"커피 한잔 마시겠습니까?"

"그러겠습니다."

마동철은 비치된 머그컵 세 잔 중 잔 두 개에 커피를 따라 정진건이 앉아 있는 테이블에 마주 앉았다.

"드시죠."

"감사합니다."

여진환이 내린 커피에 비할 바는 아니지만, 좋은 원두를 쓴 커피였다.

"좋군요."

그래도 최근 여진환의 영향인지 커피 맛에 조금씩 눈을 뜨기 시작한 정진건의 감상이었다.

"커피 좋아하십니까?"

"그런 편입니다."

"빌딩 지하에 있는 로스트 빈에서 사 온 원두를 썼습니다."

"그랬군요. 그러잖아도 제 부하 중 한 사람이 로스트 빈 팬이어서요."

"그렇습니까? 그렇다면 나중에 가실 때 조금 챙겨 드리죠."

그렇게 가벼운 환담을 나눈 뒤, 마동철이 머그컵을 내려놓으며 입을 뗐다.

"그나저나 정진건 형사님께서 제게 용무가 있다고 하셔서 여쭙습니다만, 혹시 제가 한 일이 들통 난 겁니까?"

농담을 섞어 묻고는 있었지만 사실상 얼른 본론으로 들어가자는 신호였다.

"그럴 리가요. 마동철 전무님께 몇 가지 개인적으로 여쭤볼 게 있어서 바쁘신 분께 시간을 내 달라는 부탁을 드렸습니다."

"괘념치 마십시오. 제가 일찍 출근한 건 어디까지나 그게 개인 취향이고 습관이 들어서니까요. 그런데 제게 물어보실 거란 건?"

정진건이 고개를 끄덕인 뒤 어조를 조금 진지하게 했다.

"혹시 최근 며칠…… 한 달 이내에 지방으로 가신 적이 있습니까?"

"흠."

마동철은 잠시 생각하다가 고개를 저었다.

"아뇨, 없습니다. 예전 같으면 지방에 갈 일도 있었겠지만…… 최근에는 없습니다."

"그러시군요."

마동철의 대답은 정진건도 얼추 예상한 대로였다.

"실은 부산에서 마동철 씨를 보았다는 이야기가 들려와서요."

정진건의 말에 마동철이 눈썹을 씰룩였다.

"부산에서…… 말입니까?"

마동철은 예상대로 '부산'이라는 지명에 꽤나 민감한 반응을 보였다.

"예. 물론 동명이인일 가능성도 배제할 수는 없습니다만 그가 '서울에서 엔터테인먼트 사업을 하는 마동철'이라고 들어서 부득불 전무님을 찾아뵈었습니다."

"……."

"저도 잘 몰라서 여쭙는데…… 혹시 업계인 중에 전무님과 동명이신 분이 계시는지요?"

마동철이 고개를 저었다.

"제가 알기로는 없습니다."

"그렇군요."

마동철은 아까 전까지 보인 신사적인 태도와 달리 불쾌감을 감추지 않았다.

"……선문답은 관두죠. 정확히 어떻게 된 일입니까?"

정진건이 대답했다.

"마순태 씨, 아시죠?"

"……."

마순태라는 이름이 언급되자 이번엔 마동철의 인상이 더 구겨졌다.

"……예. 제 숙부 되시는 분입니다."

그렇군.

방승혁이 조사한 내용대로, '여기 있는' 마동철은 부산 조폭 마동철과 혈연관계가 분명했다.

마동철은 자신이 초면인 상대 앞에서 자제심을 잃을 뻔한 것을 자각했는지 억지로 표정을 고쳐 말을 이었다.

"다만 저도 숙부님을 뵙지 않은 지 여러 해입니다."

"그러십니까?"

"……이미 다 알고 오신 것 같으니 솔직하게 말씀드리죠. 저희 가족 전체가 그 사람과 인연을 끊은 지 꽤 됩니다."

마동철이 떨떠름한 얼굴로 말을 이었다.

"왜 그런지는…… 짐작하시겠죠."

"얼추는요."

알아본 바 마순태는 한때 부산에서 알아주는 조폭으로, 범죄와의 전쟁 전까지는 사실상 부산을 거의 장악하다시피 했다는 이야기도 들릴 정도였다.

일설에는 그가 안기부를 통해 관광호텔 카지노 사업권을 따내고 다녔다는 꽤나 신빙성 있는 이야기도 나돌았다.

그런 마순태가 몰락하기 시작한 것은 예의 범죄와의 전쟁 캠페인 직후로, 부산 검경찰의 철퇴를 정통으로 맞은 그는 그간 이룩한 모든 것을 잃고 말았다.

그 뒷배인 안기부가 어떻게 되었는가 하는 건 잘 모르지만, 마순태가 몰락한 것으로 보아 그와 부정 결탁한 부산 안기부 측도 대대적인 물갈이가 이루어지지 않았을까.

마동철은 자신 앞에 놓인 머그컵을 가만히 바라보다가 입을 뗐다.

"아무래도 숙부님이 제 이름을 판 모양이군요."

"아직 확정된 사안은 아닙니다."

"아뇨, 그게 아니면 형사님이 아침부터 저를 찾아오실 이유가 없겠죠. 이 일에 권리를 들먹이지는 않겠습니다만, 어떻게 된 일인지라도 들을 수 있겠습니까?"

마동철의 요청에 정진건이 고개를 저었다.

"죄송합니다만 저도 그 부분은 공식적으론 말씀드릴 수 없습니다."

"진행 중인 사안입니까?"

정진건은 대답하지 않았다.

사실, 이번 일은 SJ엔터테인먼트의 마동철이 마순태와 친척 관계라는 사실을 확인한 시점에서 마쳐도 좋은 일이었지만, 정진건은 그 일에서 한 걸음 더 나아가고 싶었다.

마동철 역시, 정상적인 경찰 업무 범주라면 방금 조사만으로도 충분할 거라고 생각했다.

하지만 다른 한편으로 생각해 보면 그는 대동한 부하도 내버려 두고 자신과 독대를 하는 중이기도 했다.

'그건 경찰 입장을 접어 두고서라도 내게 묻고 싶은 것이 있다는 의미인가?'

마동철은 정진건의 의도가 거기에 있으리라 생각하면서도 그가 무슨 꿍꿍이속인지 경계하면서 정진건을 보았다.

"그렇다는 건 '비공식적'으로는 가능하단 말씀입니까?"

마동철의 퍽 노골적인 질문에 정진건이 대답했다.

"저도 모든 것을 공유할 수는 없습니다만, 일이 어떻게 진행되고 있는지 정도는 비공식적인 공유가 가능할 거 같습니다."

암만 노골적으로 물었다지만 경찰이 대놓고 '비공식적인 공유'를 언급하다니.

마동철은 정진건을 보며 유능하되 융통성이 없는 인물이리라 생각한 자신의 첫인상을 정정해야겠다고 생각했다.

"좋습니다. 그럼 저도 형사님께서 말씀하신 '비공식적인 공유'에 앞서 여쭙겠습니다. 이번 일에 제 협조를 바라시는 이유가 뭡니까?"

정진건은 잠시 뜸을 들인 뒤 입을 뗐다.

"……이번 일이 단순 사칭으로 끝나지만은 않을 것 같다는 예감이 들어서입니다."

마동철은 그 말에서 느낀 불쾌감을 감추지 않았다.

누군가가 자신을 사칭하는 것만으로도 불쾌감을 떨치기 힘들 지경인데, 마순태가 자신의 이름을 사칭한 자의 배후에 있을 뿐만이 아니라 그 뒤로도 뭔가가 더 있다고?

정진건이 말을 이었다.

"저희는 지금 일련의 마약 범죄를 수사 중입니다."

마약 범죄라.

마동철이 눈살을 찌푸렸다.

"이제는 숙부님이 그런 일에도 손을 댔습니까?"

"아뇨. 아직 그렇다고 대답해 드릴 상황은 아닙니다. 저도 현재로서는 어느 정도 그런 정황이 있다는 정도만 짐작하고 있을 뿐입니다."

"……."

"이건 어젯밤 부산 경찰에게 들은 내용입니다만……."

정진건은 마동철에게 어제 부산에서 대규모 조폭 체포가 있었고, 그중 마동철의 이름을 사칭하는 인물이 포함되어 있었다는 이야기를 전했다.

"……그리고 해당 사칭범은 서장 명령으로 조사에서 남들보다 일찍 배제되었다고 하더군요."

정진건의 이야기를 들으며 곰곰이 생각에 잠겼던 마동철이 고개를 끄덕였다.

"형사님이 제 협조를 바라시는 이유는 대강 알 것 같군요."

벌써?

마동철이 말을 이었다.

"사실 제 사칭범에 대한 응보나 견제라면 지금 당장이라도 가능합니다. 연예부 기자를 불러 제 명의로 인터뷰를 하면 되니까요. 구실은 뭐…… 이번에 들어가는 신규 드라마의 주역 두 사람이 저희 소속사 사람이니 그와 관련한 취재면 충분하겠지요."

마동철이 정진건을 물끄러미 보았다.

"하지만 형사님이 제 '비공식적인' 협조가 필요하다는 건, 만에 하나 저 자신, 또는 제 이름이 언론에 노출되는 상황을 피하고 싶기 때문이 아닙니까?"

"정확합니다."

그가 SJ엔터테인먼트의 전무이사로, 이성진을 제외하면 사실상 SJ엔터테인먼트의 경영을 총괄하는 입장이나 다름없는 지금의 지위는 단순히 회사의 창립 멤버여서는 아닌 듯했다.

마동철은 정진건의 답변에 고개를 끄덕였다.

"그리고 이번 일은 아무래도 형사님께도 비밀로 할 만큼 기밀성을 담보해야 할 작전이겠죠."

"예. 그래서 저는 이 작전의 입안자가 부산 조폭들을 일소

하거나, 아니면 최소한 그들의 영향력을 대폭 축소하려 하는 것이 아닌가, 생각 중입니다."

일부러 성긴 그물을 만들어 잡히는 내다 버리고 대어를 낚겠단 심산인가.

마동철은 문득 무언가에 생각이 미쳐 정진건에게 물었다.

"혹시 그 사칭……자는 형사님도 알고 계시는 분입니까?"

그가 지금껏 해 온 것처럼 상대를 '범(犯)'으로 취급하지 않은 건 그가 경찰 관계자일지도 모르기 때문이었다.

마동철의 날카로운 지적에 정진건은 마지못해 고개를 끄덕였다.

"그럴지도 모른다고 생각 중입니다. 사적으로 친한 사이는 아닙니다만, 공교롭게도 인상착의며 행적이 제가 아는 누군가가 아닐까, 생각 중이거든요."

"……."

"이따금 성실함이 도를 지나쳐서 그렇지 나쁜 사람은 아닙니다."

솔직히 그자의 인품이 어떻건 간에 그건 마동철이 상관할 바는 아니었지만, 마동철은 정진건의 배려 섞인 변명을 잠자코 받아들이기로 했다.

"그렇군요. 알겠습니다. 협조하지요."

마동철의 대답에 정진건이 반색했다.

"해 주시겠습니까?"

"별로 어려운 일도 아니니까요. 평소에도 인터뷰에 나서지 않았고…… 얼굴이 이렇게 생겨먹은 제가 전면에 나서면 회사에 손해를 끼치지 않겠습니까?"

마동철의 자조 섞인 농담에 정진건은 그 남의 말처럼 들리지 않는 말에 공감하면서도 마냥 긍정하기 어려운, 복잡한 얼굴이 됐다.

"웃으셔도 됩니다."

"……아, 예. 하하."

"다만 한 가지 조건을 짚고 넘어갔으면 합니다. 혹시 나중에 부산의 '마동철'에게 적대감을 품은 자가 나타나서 회사를 찾아오는 일은 없도록 해 주셔야 합니다."

정진건은 억지로 지은 웃음기를 거두며 진지한 얼굴로 고개를 끄덕였다.

"명심하겠습니다. 만에 하나 그런 조짐이 보인다면 언론 인터뷰에 응하셔도 됩니다."

"흠, 어느 일이건 회사에는 리스크군요."

"……그건."

"농담입니다."

마동철이 빙긋 웃었다.

사실, 마동철은 지금 기분이 꽤 좋은 편이었다.

정진건이 전한 정보가 사실이라면, 집안에서도 천덕꾸러기 신세인 숙부가 지금은 경찰 조직에 목줄이 꽉 잡혀 있는 신세라는 의미였으니까.

그리고 개인적으로는 눈앞의 정진건이라는 형사가 제법 마음에 들기까지 해서, 그와 친분을 유지하고 있는 이성진의 사람 보는 안목을 새삼 인정하기까지 했다.

"그나저나 저는 위장 잠입 같은 건 영화에서나 나오는 이야기라고 생각했습니다만."

마동철의 말에 정진건이 쓴웃음을 지었다.

"저도 그랬습니다."

"바쁘실 텐데 배웅해 주시지 않아도 됩니다."

"하하, 그러면 엘리베이터까지만 가겠습니다."

정진건이 자신을 배제하고 마동철을 따로 면담한다고 했을 때부터 좌불안석이던 강하윤은 사무실을 나서는 두 사람이 친밀한 것을 보며 내심 안도하는 모습을 보였다.

'그러게, 언니도 괜한 걱정을 했지.'

입장과 상황만 달랐더라면 저 두 사람은 좋은 친구가 되었을 정도로, 둘의 궁합은 잘 맞는 편이다.

하지만 전예은은 처음부터 알고 있었음에도 일부러 모른 척하며 그들의 뒤를 따랐다.

'……그나저나 점점 일이 커지네.'

정진건을 배웅하는 마동철을 보며 전예은은 생각에 잠겼다.

마동철의 과거가 어떤지 알고 있는 전예은은 그가 이번 정진건의 갑작스런 방문에도 불구하고 꽤 기분이 좋다는 것에 복잡한 기분이었다.

'그건 내게 혈육이랄 사람이 없어서일까.'

전예은이 읽어 낸 바, 마순태를 향한 마동철의 감정은 뭐랄까, 경멸 혹은 증오에 가까웠다.

마동철도 남들 앞에서 말한 적은 없지만, 그의 인테리어 실력과 경력은 마순태의 공로였다.

마순태는 마동철로 하여금 자신이 경영하는 사업체 중 한 곳을 맡아 보도록 하였고, 당시만 하더라도 내심 마순태를 향한 동경과 존경을 품고 있던 마동철은 마순태를 따랐다.

그 존경의 감정이 증오로 변한 것은 마순태가 결코 좋은 사람이 아니며, 마동철로 하여금 그가 인테리어 사업을 하도록 종용한 것도 그 일의 이용 가치 때문이란 사실을 깨닫고부터였다.

'정말로 그랬는지는 마순태라는 사람을 만나 봐야 알 일이지만.'

전예은이 가진 능력의 한계는 그 기억과 감정이 개인의 해석에 따른단 점이었다.

그런 의미에서 전예은은 어쩌면 슬하에 자식이 없는 마순태는 그 나름대로 마동철을 자신의 후계자처럼 생각한 것이 아닐까, 생각했다.

'내가 마순태라는 사람을 만날 일도, 마동철 전무님께 그런 이야기를 들을 일도 일어나지 않으니 나는 둘의 관계가 어떻게 될지 평생 모르겠지만.'

아마 전예은이 이런 사실을 이성진에게 이야기했다면, 이성진은—마순태가 머지않은 전국 각지의 대규모 재개발 및 재건축 열풍을 내다 본 것이 분명하다며—고개를 끄덕여 긍정했을 것이지만 둘 사이엔 '묻지 않은 건 굳이 발설하지 않는다.'고 하는 암묵적인 협의가 적용되어 있었다.

'그래도 오늘 정진건 형사님이 방문하셨다는 정도는 알려드려야 할까.'

그도 그럴 것이 정진건은 터무니없게도 그 일에 이성진까지 혐의에 두고 있었으니까.

'……지금 당장은 아닌 것 같지만.'

한편 한시름 놓은 강하윤이 엘리베이터에 올라타며 인사했다.

"그러면 이만 실례하겠습니다. 예은이도 잘 있어."

"네, 언니. 임시 출입증은 로비에 반납해 주세요."

그렇게 마동철 및 전예은과 작별한 뒤, 강하윤은 엘리베이터의 하강감을 느끼며 정진건을 힐끗 쳐다보았다.

"잘은 모르겠지만 일이 잘 풀리신 것 같습니다."

"음."

정진건이 긍정했다.

"생각과 달리 말이 잘 통하는 사람이더군."

"뭐, 성진이가 채용한 분이니까 말입니다."

이성진에 대한 무한 긍정과 신뢰를 보이는 강하윤의 말에 정진건은 피식 웃었다.

"그래. 성진이가 믿고 회사를 맡길 정도니까."

"예, 선배님. 저…… 그런데 말입니다."

강하윤이 은근슬쩍 무슨 대화를 나눴는가 물어보려 하자 정진건이 강하윤의 말을 끊었다.

"차에서 이야기하지."

최소한 이야기는 해 주실 예정이구나.

강하윤은 좋게 생각하기로 했다.

그리고 두 사람은 로비에서 임시 출입증을 반납한 뒤, 엘리베이터를 갈아타고 지하주차장에 주차해 둔 자동차에 올라탔다.

"오늘 마동철 씨를 방문한 이유는."

정진건이 천천히 차를 몰아 지하주차장을 빠져나가며 운을 뗐다.

"부산 경찰 측이 마동철이란 사람을 체포했다고 해서였네."

그 말에 강하윤은 창을 투과해 쏟아지는 지상의 햇빛 때문인지, 아니면 정진건의 말이 충격적이어서 그랬는지 눈살을 찌푸렸다.

"어제 김강철 형사와 통화한 내용이 그거였습니까?"

하지만 이어진 말은 더 충격적이었다.

"음. 하지만 김강철 형사 말에 의하면 서장 명령으로 그를 곧 풀어 주었다더군."

"그건……."

불과 얼마 전 비리 경찰 건을 겪어서 그런지, 강하윤은 혹시나 이번 일도 그런 종류인가 하고 저어했다.

정진건이 조수석의 강하윤을 힐끗 쳐다본 뒤 입을 뗐다.

"아마 강 형사가 걱정하는 그런 건 아닐 걸세."

모르긴 몰라도 범죄 조직이 경찰 서장을 매수할 정도라면 그건 이미 이 나라가 망조에 들어서다 못해 끝장났다는 신호가 아닐까.

정진건이 짧은 생각 뒤 말을 이었다.

"나는 오히려 이번 일이 우리가 모르는 작전 과정 중 하나는 아닌가, 생각하는 중이지."

"작전 말씀입니까?"

"음. 내 입으로 말하고도 조금 비현실적이라 생각이 들기는 하지만……. 그 이야기를 듣고 나니 혹시 경찰 윗선, 혹은 그 위의 기관이 개입한 것은 아닌가 싶더군."

정진건은 그 과정에 혹시라도 이성진이 개입해 있을지도

모른다는 가설도 세우고 있었지만, 그 부분은 일부러 생략했다.

'이성진, 나아가 삼광 측이 개입해 있다면 경찰 서장에게 압력을 행사하는 것도 가능하겠지만.'

그래서 정진건은 마동철을 만나서 확인하기 전까지 이성진이 마동철과 입을 맞추고 무언가를 해 둔 것은 아닐까, 하는 생각도 떠올렸으나.

정작 마동철 본인이 이번 일에 대해 아무것도 모르고 있었단 점에서 해당 가설은 제외했다.

'이성진 그 녀석의 성격상, 마동철의 동의 없이 그런 리스크가 큰 일을 벌이지는 않았을 테니까.'

더군다나 정진건도 이성진의 존재를 떠올리며, 이성진이 이번 일로 얻게 될 이익에 대해서는 직관뿐, 구체적인 사안까지는 떠올리지 못했다.

'애당초 녀석이 그 소탕에 일조해 무엇을 얻을 수 있을지도 명확하지 않고.'

이성진의 오지랖이 넓다고는 하지만, 넓고 길게 보면 그 행동의 결과는 고스란히 녀석의 직간접적인 이득으로 돌아왔으니까.

그런 의미에서 보자면 이 작전은 이성진이 지금껏 해 온 것들과 달리 어딘가 엉성하고 빈틈이 많아 보이기까지 해서, 책임자가 누군지는 몰라도 용케 여기까지 잘도 왔구나 싶을 지경이었다.

한편 '조금' 비현실적인 가설이라는 걸 순순히 인정한 정진건의 말마따나, 강하윤은 실제로 정진건이 하는 말에서 현실감을 느끼지 못해 붕 뜬 기분을 느끼고 있었다.

"……저, 선배님이 하시는 말씀이 대체 무슨 의미인지 잘 모르겠습니다."

"나도 마찬가지일세. 하지만 이번 광남파 사건이 국제 마약 조직이 연루된 일이라고 한다면, 해외 경찰과도 연계해 진행할 가능성 정도는 염두에 둘 수 있지 않겠나?"

"……이를테면 DEA같은 조직 말씀이십니까?"

정진건이 고개를 끄덕였다.

"그래. 그래서 나는 이번 수사가 단순히 신진물산과 광금후를 체포하는 선에서 끝나고 만다면 그 배후 조직이 꼬리를 자르고 달아나 버릴지도 모른다고 생각했지. 그렇다면 우리가 해야 할 최선의 일은 그 작전이 수포로 돌아가지 않도록 하는 일이고, 그러려면 마동철 본인을 직접 만나 상황을 통제하는 게 먼저라고 보았네."

"……."

양상춘이 그런 말을 했다면 모를까, 정진건이 그렇다고 하니 강하윤도 내심 그럴듯한 생각이라는 생각이 들었다.

정진건이 말을 이었다.

"그리고 이건 어디까지나 내 생각일 뿐이지만…… 나는 부산 경찰에 체포되었다가 나온 인물 중에 석동출 형사가 있는 것은 아닐까 생각 중이네."

거기서 석동출이 언급되니 강하윤은 숫제 할 말을 잃어버렸다.

5장

정진건은 우선 박강호 검사와 이야기를 해야겠다고 생각
해 그를 찾아갔다.

"오셨습니까."

사무실에서 만난 박강호 검사는 피로에 찌든 몰골로 그를
맞이했지만 그 두 눈동자만큼은 생기로 빛나고 있었다.

박강호가 정진건에게 자리를 권하며 말을 이었다.

"출근하고 보니 부재중이시더군요. 마침 연락을 드리려
했습니다만, 형사님께서 먼저 면담을 청하실 줄은 몰랐습
니다."

박강호는 사무실에 비치된 커피포트로 향했다.

"커피 드시겠습니까?"

"아뇨, 저는 이미 마셔서요. 괜찮습니다."

"그러셨군요. 아무래도 저는 좀 마셔야겠습니다."

박강호는 웃으며 커피 자국이 남아 있는 머그컵에 뜨거운 커피를 가득 따랐다.

"그런데 형사님께서 하실 말씀이라는 건요?"

"예, 여기 오기 전 강 형사와 함께 SJ엔터테인먼트의 마동철 전무님을 뵙고 오는 길입니다."

정진건의 말에 박강호가 멈칫했다.

"마동철 전무님이면……."

박강호 역시 정진건과 방승혁 수사관에게 보고를 듣고 부산 조폭 연합에 마순태의 조카로 마동철이란 인물이 있다는 걸 알고는 있었던 것이다.

다만 유능하기는 해도 아직 경력이 짧아 눈앞에 닥친 일을 처리하기에도 급급한 박강호 입장에서는 관할도 아닌 부산에서 무슨 일이 일어났다는 정보는 일부러 거리를 두고 있었던 것인데, 정작 정진건은 이 바쁜 와중에 오늘 아침부터 분당의 마동철을 만나고 오기까지 했다니.

정진건이 농땡이나 부릴 사람이 아닌 걸 잘 알고 있는 박강호는 정진건의 말에 촉각을 곤두세웠다.

"무슨 일이 있었습니까?"

"어젯밤에 부산의 김강철 형사에게 들은 이야기가 있어서요. 그걸 확인하러 다녀왔습니다."

그러고 보니 어제 부산에서 무슨 일이 터졌다고는 들은 거 같은데, 신진물산 건으로 정신이 없던 박강호는 그 정보를 잠시 뒤로 치워 둔 참이었다.

그런데 정진건의 말을 들으니 부산에서 있었다는 일은 이번 신진물산 건과 꽤 밀접한 관련이 있는 모양이다.

"제 불찰로 놓친 정보로군요. 자세히 들려주시겠습니까?"

"예."

정진건은 어젯밤 김강철에게 전화로 들은 내용을 간추려 전했고, 박강호는 집중해서 이야기를 듣느라 타 놓은 커피에는 입도 대지 않았다.

"그런 일이 있었습니까……."

바로 어젯밤에 있었던 일인데.

박강호는 눈앞의 일에 정신이 팔려 그 보고를 외면하고 만 자신을 자책했다.

"검사님이 자책하실 일은 아닙니다. 그 일은 부산 경찰 측에서도 기밀로 다루는 모양이니까요."

박강호가 고개를 저었다.

"어쩌면 신진물산 수사가 부산에서 벌어지고 있는 마약 밀수 건과 밀접한 연관성이 있을지도 모르는데, 이번 일을 자세히 알려고 하지 않은 제 잘못입니다."

하지만 그 이상의 자책은 생산성 없는 일이어서 박강호는 얼른 기분을 추슬렀다.

"정진건 형사님이 마동철 씨를 만나고 온 것은 부산의 마동철이 동명이인인가 하는 걸 확인하러 다녀오신 것이었습니까?"

"예. 마동철 씨와 마순태의 관계를 확인하면 동명이인 문제는 해소되니까요. 그리고 확인 결과 부산의 마동철은 SJ엔터테인먼트의 마동철 씨를 사칭하고 있는 것으로 확인했습니다."

박강호가 고개를 끄덕였다.

"그럼, 마동철 씨는 어떻게 하시기로 했습니까?"

"마동철 씨에게는 제 개인 판단으로 이 일을 묵인해 주십사 요청을 드렸습니다."

정진건의 말에 박강호는 잠시 생각에 잠겼다가 물었다.

"그렇게 판단하신 근거는요?"

정진건이 멋대로 이 일에 자의를 개입한 것은 응당 문책해야 할 일이었지만, 그건 다른 한편으론 정진건이 먼저 자청해 면담을 요청한 이유와 무관하지 않을 것이다.

정진건이 신중하게 대답했다.

"……과잉 해석일지도 모릅니다만 저는 부산의 마동철이 석동출 형사가 아닌가, 생각하고 있습니다."

석동출이 언급되자 박강호는 단박에 그가 누구였는가 하는 걸 떠올렸다.

"석동출 형사가 부산의 마동철 사칭범 본인이라고요?"

"사실대로 말씀드리자면 제가 그렇게 생각한 근거는 희박합니다. 근거는 어디까지나 김강철 형사가 제게 전한 부산 마동철과 석동출 형사의 인상착의가 비슷해 보였다는 점과…… 부산 경찰이 사건을 대했던 태도에서 어떤 느낌이 왔기 때문입니다."

"소위 말하는 형사로서의 감입니까?"

"……."

"비꼬거나 힐난하려는 게 아닙니다."

박강호가 얼른 손사래를 쳤다.

"그게 부산 경찰서장 명령이었다고 하셨죠. 자세한 내막은 따로 확인해 봐야 할 일이기는 합니다만……."

박강호는 자리에서 엉덩이를 떼고 사무실 유리창 바깥을 보았다가 블라인드를 내려 외부 시선을 차단했다.

"저 역시 정진건 형사님의 말씀을 듣고 보니 마침 생각난 게 있어서요."

정진건은 그가 꽤나 긴히 할 말이 있는가 보다 생각하며 물었다.

"생각나신 게 있습니까?"

박강호가 블라인드 앞을 나와 자리에 앉으며 대답했다.

"저는 혹시 이번 일에 안기부가 개입한 것은 아닐까 싶군요."

안기부?

자신이 내놓은 석동출 위장 잠입 수사 가설만큼이나 확하고 와닿지 않는 말이었다.

박강호는 어리둥절한 얼굴의 정진건을 보며 쓴웃음을 지었다.

"실은 김보성 검사님이 인수인계를 하시며 제게만 긴히 말씀하신 내용이 있습니다."

"제가 들어도 되는 내용입니까?"

"제가 그렇다고 판단했습니다. 아니 오히려 정진건 형사님도 알고 계셨으면 좋겠습니다."

박강호는 잠시 뜸을 들인 뒤 목소리를 낮춘 채 말을 이었다.

"김보성 검사님이 한창 박상대를 수사할 당시의 일입니다만……."

박강호는 잠시 그에게 김보성이 최갑철 의원과 여종범 전 검찰청장의 압력을 받았다는 걸 언급할까 생각했다가 역시 그 부분도 언급해야겠다고 결정했다.

그리고 박강호의 예상대로 정진건은 박강호로부터 김보성이 최갑철과 여종범 전 검찰총장으로부터 외압을 받았다는 내용에 은근한 분노를 표출했다.

"검사님께 그런 일이……."

김보성의 능력은 정진건도 높이 사고 있었고, 그래서 그 일의 결과 좌천을 당한 것에 보다 노골적인 수작이 작용한 것을 더 안타깝게 생각했다.

'그러고 보니 광금후가 용의자로 대두되며 다소 유야무야 되기는 했지만, 우리는 구봉팔 습격 사건에 최갑철 의원 측에도 혐의를 두고 있었더랬지.'

박강호가 말을 이었다.

"뭐, 그 이야기는 잠시 접어 두죠. 아무튼 김보성 검사님은 그날 호텔 지하주차장에서 안기부 사람을 만났다고 합니다."

"안기부 사람을요?"

"예. 다만 그 사람은 최갑철 의원 측에 손을 들어주기보단 오히려 당신의 신념대로 일을 밀어붙이란 식의 말을 해 주었다고 합니다."

"……."

이번 이야기에 안기부가 등장하리라고는 전혀 생각해 보지도 못했던 정진건은 박강호의 말을 어떻게 받아들여야 할지 몰라 당황했다.

"……그러면 안기부는 박상대가 구속되길 바랐단 겁니까?"

"모르죠. 김보성 검사님은 안기부를 만난 건 그때가 처음이자 마지막이었다고 했으니……. 다만 생각해 볼 점은 안기부가 이번 일련의 사건에 깊이 개입해 있을 가능성입니다."

박강호는 그제야 마시기 좋게 적당히 식은 커피를 한 모금 마신 뒤 다시 입을 뗐다.

"다소 편의적이고 끼워 맞춘 느낌이 드는 해석입니다만, 저는 박상대의 죽음과 조설훈의 죽음이 아주 무관하지 않다고 봅니다. 그럴 경우, 안기부는 이 일을 줄곧 주시했다는 이야기가 되겠죠."

"......"

그렇게 볼 여지도 있는 것인가.

박강호는 힐끗 정진건의 표정을 살핀 뒤 말을 이었다.

"그 맥락에서 이어 가자면 저는 방금 전 형사님께서 부산 마동철 사칭범을 석동출로 판단하신 것도 그렇다 판단할 여지가 있다고 봅니다. 조설훈이 사망한 당일, 석동출 형사는 현장에 남아 있었던 유일한 사람이죠?"

정진건은 박강호가 말한 '남아 있었던'이란 어휘에 주목하며 고개를 끄덕였다.

"그렇습니다."

하지만 박강호는 섣불리 그 사건을 다시 들쑤시는 대신, 자신이 생각한 견해를 이어 갔다.

"이번 가설이 맞는다면 저는 그때 안기부가 석동출 형사에게 접근했으리라 봅니다."

"그때라 하심은?"

정진건은 무의식중에 현장에 안기부 요원이 있었을지 모른단 생각으로 물었지만, 박강호는 무슨 소리를 하냐는 식으로 대답했다.

"병원에 입원했을 때겠죠."

"아, 예. 그렇죠."

그가 경찰을 관둔 것도 퇴원과 거의 동시에 이루어진 일이었으니.

"어쨌거나, 저는 석동출 형사를 만나 본 적이 없으니 그분이 어떻단 판단은 배제하겠습니다만, 그분에 대해 들리는 평판을 종합해 보면 석동출 씨가 안기부 측과 손을 잡고 모종의 작전에 투입되었으리란 가능성도 배제하긴 힘들 거 같습니다."

하긴, 석동출을 만나 보지 않았더라도 박강호가 이곳 광수대 검사 사무실에 부임한 당시 '왜 사무실 문이 박살 나 있었는가'를 알고자 했다면, 그 일에 석동출이 연루되었단 것쯤은 알게 되었을 테니까.

정진건 역시도―그에 관한 여진환의 호의 일색인 평가는 다소 거리를 두고 보더라도―석동출의 성격이라면 그럴 수도 있지 않을까, 하는 데에 생각이 미쳤다.

"사실, 안기부의 개입 가능성을 떠올린 건 그것 때문만은 아닙니다. 예전에…… 사람들이 범죄와의 전쟁이라 부르는 대대적인 조직폭력배 소탕 작전이 있었죠?"

정진건은 당시를 회상하며 고개를 끄덕였다.

"예."

"그 당시 제 흥미를 끈 기사가 있었습니다만……."

박강호가 기억을 더듬어 가며 말을 이었다.

"제 기억으로는 그때 부산 조폭들이 당시 관광호텔 사업 허가권을 쥐고 있던 안기부와 결탁해 부정을 저질러 온 일이 화제가 된 적이 있습니다. 뭐, 시대가 시대이다 보니 유야무 야 묻히는 와중, 당시 담당 검찰은 언론과 인터뷰까지 해 가 며 울분을 토했죠. 아무튼 저는 그때 '교수'라 불리는 사람들 도 연루되어 있었던 것이 기억납니다."

박강호의 말을 들으며 정진건도 당시를 떠올렸다.

비록 지방에서 일어난 일이기는 하나 안기부의 대외적 이 미지가 수직 하강하는 계기가 된 사건이었고, 역설적이게도 그 정도 스케일의 사건을 벌인 부산 조폭이 대한민국 조폭 최고라는 소문마저 돌게 한 사건이었다.

결국—비단 그것 때문만은 아니겠지만—안기부가 가진 권한은 나날이 축소되며 결국 '이빨 빠진 호랑이'라고까지 불 리는 오늘날에 이르렀다.

"어쨌건 얼마 전 여러분들로부터 저는 마순태란 이름을 듣 고 방승혁 수사관님께 부탁해 당시 사건을 따로 찾아본 적이 있습니다만, 그는 당시 관련한 혐의로 경찰 조사를 받은 기 록이 있더군요. 그 일로 징역을 살지는 못했고, 벌인 일에 비 해 가벼운 형량을 받아 기소유예로 풀려났는데……."

남달리 정의감이 투철한 박강호는 인상을 구겨 가며 말을 이었다가 다시 표정을 고쳤다.

"당시에는 흔히들 돈 많은 이들에게 가해진 솜방망이 처벌이라고 생각했습니다만, 지금은 이런 생각이 드는군요. 그때 체포된 당시 마순태는 안기부 및 사법 기관과 어떤…… 모종의 형법 거래를 한 것이 아닐까, 하고요. 그 가설을 이어 가 보면, 예의 마동철 사칭자가 마순태의 이름을 팔아 가며 활동할 수 있는 것도 조금 납득이 가지 않습니까?"

어느 정도 과장 섞긴 음모론을 곁들인 것이고 추론 과정이 거칠기는 했지만, 그 자리에서 즉석으로 떠올린 것치고는 그럴싸했다.

"그럴지도 모르겠군요. 검사님 말씀대로라면 마순태는 그날부로 안기부에게 목줄을 잡힌 셈일 테니까요."

정진건이 자신의 추론을 인정해 준 것이 꽤 기뻤던 모양인지 박강호는 슬쩍 미소를 지었다가 표정을 진지하게 고쳤다.

"다만, 그렇다고 하면…… 저희가 수사 중인 신진물산 건도 어떤 식으로든 다시 생각해 볼 필요가 있을지 모르겠습니다."

박강호는 그렇게 말하며 책상에 쌓인 서류 뭉치를 물끄러미 쳐다보았다.

정진건은 그가 무슨 생각을 하고 있는지 알 듯했다.

잠시 서류 더미를 바라보던 박강호는 가벼운 한숨을 내쉬곤 고개를 돌려 정진건을 보았다.

"이건 개인적으로 물어보는 겁니다만, 정진건 형사님께서는 어젯밤 사건이 저희가 수사 중인 사안에 어떤 식으로든 영향을 끼칠 것 같습니까?"

"……예, 일단 저희에겐 별로 좋은 이야기가 아닐 것 같군요."

만약 이번 일이 그런 일련의 작전하에 진행되는 일이라고 한다면, 그들이 광금후에게 혐의를 두고 있는 그의 마약 밀매 가담 건에도 신중을 기해 접근해야 하리라.

'나도 그들이 대체 어느 정도 선까지 나아갈지는 모르겠지만.'

혹시 강하윤이 말한 것처럼 DEA 같은 조직과 국제 공조 수사를 하려 한다면 광수대가 하는 일은 자칫 안기부가 그리는 큰 그림을 망치는 일이 될지도 모른다.

'뿐만 아니라 어렵사리 따낸 이번 영장 수사도 수포로 돌아갈지 모르지.'

그러니 어젯밤에 부산에서 일어난 사건은 어쩌면 그들이 수사 중인 신진물산 압수수색 건에도 영향을 끼칠지도 모른다.

그도 그럴 것이 현재 돌아가는 상황을 보면 광남파는 대놓고 전면에 나서 경찰을 희롱했다.

'경찰에 체포된 그는 사실상 버림 패인 셈이야.'

그러며 그들이 꼬리 자르기용으로 대리인을 앞세운 뒤에서는 이미 정리를 마쳐 두었을 가능성도 염두에 두어야 했다.

'오명태라고 했던가? 부산 경찰 측은 그 주위에 잠복 형사들을 두겠다고 했지만 광남파가 리스크를 감수해 가며 오명태와 연락을 취할 거란 생각은 들지 않는군.'

그때 문득 떠오른 생각 하나가 정진건의 뇌리를 스치고 지나갔다.

'……잠깐, 오명태도 서장 명령으로 일찍 풀려난 4인방 중 한 사람이었지?'

마동철(사칭)이 일찍 풀려난 것에 안기부의 뒷배가 작용했다면—그중 김명훈과 박진호에 대해서는 잘 모르겠지만—오명태는 어째서 그들에 포함되어 있었을까?

'설령 마약인 줄 알았던 게 실은 밀가루였다는 것이 명명백백해졌다 하더라도 그 수상쩍은 정황상 오래 붙들고 취조를 이어 가도 모자랄 판인데.'

박강호는 정진건이 갑자기 표정을 고쳐 가며 생각에 잠기자 그가 생각을 이어 갈 수 있게끔 끼어들지 않고 정진건을 배려해 주었다.

이윽고 생각을 마친 정진건이 입을 뗐다.

"검사님, 안기부가 오명태와도 접선을 취했을 거란 가능성에 대해선 어떻게 생각하십니까?"

"오명태라면 현장에 마약, 아니 밀가루를 가지고 나타난 인물 말씀이죠?"

"예. 어젯밤 서장 명령으로 풀려난 네 사람 중에 오명태가 포함되어 있었다는 것이 새삼 마음에 걸리는군요."

박강호는 잠시 생각하다가 고개를 끄덕였다.

"그럴지도 모릅니다. 어쩌면 현장에 있던 박진호라는 사람은 그 일에 합류한 안기부 요원일지도 모르겠군요."

"예. 자세한 건 부산 경찰 수사 경과가 나와 봐야 알 것 같기는 합니다만……."

"흠. 그렇다는 건 어쩌면 광남파는 이미 그들의 감시하에 들어와 있는 걸지도 모르겠습니다."

광남파마저 통제하에 있다는 건 전반적으로는 고무적인 소식이지만, 어쨌건 당장 그 일의 고과가 걸린 이들 당사자 입장에는 별로 좋은 일이 아니리란 것은 분명했다.

"그래도 일단 당분간은 비밀로 해 주시겠습니까?"

어쨌거나 이번 사건 배후에 안기부가 개입했을지 모른다는 이야기는 남들에게 공공연히 말하고 다닐 이야기도 아니거니와 기각될 가능성이 높은 일에 매달리는 건 신진물산을 수사 중인 수사관들의 사기에도 영향을 끼칠 것이다.

"저도 그럴 생각이었습니다."

정진건의 대답에 박강호가 빙그레 미소 지었다.

"감사합니다. 일단 수사를 조금 느슨하게 풀어 갈 수 있다는 건 그나마 장점이군요."

박강호의 말에 정진건은 쓴웃음을 지었다.

"말씀대로입니다."

"알겠습니다. 그러면 저는 저대로 부산 검찰 측에 연락하여 사건 진행을 공유해 달라는 요청을 올려 봐야겠습니다."

부산 검찰 측이 이번 일을 어느 선까지 파악하고 있는지, 혹은 그들도 안기부의 작전에 대해 알고 있는지도 모르지만.

박강호는 어쨌거나 이쪽이 가지고 있는 신진물산과 광남파 사이의 유착을 미끼로 흔들면 그들도 박하게 나오지는 않을 것이란 계산이 섰다.

'지금은 조금 애매모호해졌지만 애당초 광수대란 조직의 창설 취지부터가 관할 구역의 영향에서 벗어난 자유로운 수사이니.'

그렇게 박강호와 면담을 마친 정진건은 그 휘하의 팀이 있는 사무실로 향했다.

"오셨습니까."

사무실을 지키고 있던 여진환이 서류를 들추다 말고 정진건을 맞이했다.

'이번 일은 여진환 형사에게는 특히 비밀로 해야겠군.'

부산의 마동철 사칭자가 석동출 형사일지도 모른다는 이야기를 그에게 들려주었다간, 여진환은 멋대로 일을 진행시키려 들지도 모른다.

그래서 정진건은 강하윤에게도 이를 비밀로 해 달라며 신신당부를 해 두었던 터였다.

정진건은 생각하며 인사를 받았다.

"음. 그런데 강 형사는?"

"아, 강 형사님은 잠시 나가셨습니다."

거짓말을 잘 못하는 강하윤은 그런 비밀을 간직한 채 여진환과 단둘이 있기가 불편했던 모양이었다.

'강 형사에게는 왠지 못할 짓을 한 기분이군.'

정진건은 떨떠름한 기분을 애써 떨치며 슬쩍 물었다.

"그렇군. 그런데 자네가 하는 일은 어떻게, 조금 진전은 있나?"

"솔직히 말씀드리면 조금 힘겹습니다."

여진환이 쓴웃음을 지으며 대답했다.

"신진물산이 거둔 영업이익에 대해 다른 직원들은 그런 일이 있었다는 것조차 모르는 눈치이고…… 열쇠를 쥐고 있는 광금후는 어제 보셨듯이 필사적으로 잡아떼고 있으니까요. 궁지에 몰린 광금후가 입을 열거나 하지 않으면 마약 밀매 건으로 기소는 힘들 것 같습니다."

"그래도 분식회계 건으로는 어떻게 가능성이 보이지 않나?"

마약 건으로 잡아넣는 일이 힘들다면 다른 방안도 있지 않을까 해서 물어보았지만.

여진환이 고개를 저었다.

"형사님께만 드리는 말씀입니다만 기껏해야 기소유예 정도만 나와도 다행이겠죠. 알아보니 그 바닥에선 채권을 현물

로 대체하는 경우도 태반이어서, 대금을 몰아서 받았다고 해
버리면 그뿐이더군요."

광금후도 나름대로 믿는 구석이 있었던 거로군.

'그러니 어쩌면 광남파는 단순 상납이 아니라 광금후를 통
해 벌어들인 돈 세탁을 했을지도 모르겠어.'

정진건이 고개를 끄덕였다.

"그러면 혹시 모르니 신진물산과 거래하는 회사는 다 찾아
보게."

"예, 그렇게 하겠습니다. 아 참, 그리고 선배님. 김강철 형
사님이 전화 주셨습니다."

김강철 형사가?

"알겠네. 전화해 보지."

"예."

정진건은 그에게 조금 쉬엄쉬엄하라는 식의 말을 해 줄까
하다가 관두며 자리로 가서 앉았다.

정진건이 김강철의 전화기로 전화를 걸자, 부하가 대신해
서 전화를 받은 뒤 김강철에게 전화가 걸려 왔다는 걸 알려
주겠다고 했다.

'핸드폰 번호를 알려 줄 걸 그랬군.'

그래도 어디 멀리 가지는 않았는지 이내 김강철이 전화를
걸었다.

"예, 광수대 정진건 형사입니다."

-아, 형사님. 죄송합니다. 잠깐 자리를 비운 새에 전화를 주셨나 보네예.

"아닙니다. 그런데 저를 찾으셨다고요?"

-예에. 좀 알아 두셔야 할 거 같아서.

김강철이 말을 이었다.

-그, 어젯밤에 창원에서 불났다고 했지예. 혹시 뉴스 보셨습니꺼?

"아뇨. 못 봤습니다만, 괜찮은 겁니까?"

-마, 저희 관할도 아이고 창원서 일어난 일이기는 한데…… 일이 이래 되뿌니 마냥 남 일도 아이라 쪼매 알아봤심더. 불난 거 자체는 전기 합선으로 결론이 나는갑대예. 밤중에 일어난 일이라 다친 사람도 없고.

"다행이군요."

다행이라면 다행이지만, 그 일은 정진건 입장에서는 말 그대로 '강 건너 불'이라고 할 일이었다.

그런데 김강철이 바쁜 와중에 그런 일을 정진건에게 일부러 전화를 걸어 가며 보고한다니 어째 이상한 일이었으므로, 정진건은 그게 이번 사건과 무슨 연관이 있는가, 생각했다.

-근데 말입니더.

아니나 다를까, 김강철이 목소리를 낮췄다.

-이기 우연인지 아닌지는 모르겠는데…… 창원 경찰이 알려 주기로는 거서 탄피가 하나 발견됐다네예.

탄피?

정진건이 눈을 가늘게 떴다.

"그거 혹시……."

-예. 저도 일단 알아는 보고 있습니다마는 우째, 공교롭지 않습니꺼? 사고라고는 카지만 불이 난 시간도 수상허고, 상황도 수상쩍고.

"……."

김강철 역시도 '형사의 감'이 발동한 모양이었다.

-일단 계속 알아는 보겠습니다. 근데, 형사님, 왠지 재촉하는 거 같아가 말씀드리기 뭣한데 혹시 마동철이 건은…….

아, 마동철 건에 대해 부탁하려는 건가.

김강철은 정진건에게 마동철에 대한 상세한 정보를 요청하려는 것이리라.

'마침 잘됐군. 다만 그걸 여기서 말하기는 조금…….'

정진건은 괜히 건너편에서 서류와 씨름 중인 여진환을 힐끗 쳐다본 뒤 입을 뗐다.

"마침 저도 오전에 그쪽 조사를 마치고 돌아오는 길입니다."

-아, 진짜예?

"예. 잠시 핸드폰으로 통화를 드려도 되겠습니까?"

-캬. 정 형사님 핸드폰도 있습니꺼? 잘나가네예.

"……뭐, 그렇게 됐습니다. 잠시 뒤 다시 전화드리죠."

-그라입시더.

정진건은 전화를 끊은 뒤 괜히 여진환에게 말을 던졌다.

"나는 잠시 담배…… 좀 피우고 오지."

"아, 예."

여진환은 어리둥절한 얼굴로 대답했고, 정진건은 한적한 곳으로 자리를 옮겨 핸드폰으로 통화를 이어 갔다.

"여보세요."

—예, 형사님. 지금 핸드폰입니꺼?

"예."

—광고대로 통화 품질 괜찮네예. 그나저나 마동철이에 대해가 알아보셨다고예?

"예. 아는 사람이 그쪽 업계에 몸담고 있어서 아침 일찍 만나고 왔습니다."

정진건이 말을 이었다.

"만나 보니 그는 마순태의 조카가 맞더군요."

—……그라예?

김강철의 목소리가 착 가라앉았다.

—그럼 어제 우리가 본 마동철이는…….

"사칭이겠죠."

—……흐음.

김강철은 나직이 신음을 뱉었다.

부산의 마동철이 마동철을 사칭하는 인물이라면, 어젯밤 체포한 마동철은 대체 누구란 말이며, 그런 마동철을 풀어주라고 지시한 서장의 의도는 무엇이란 말인가.

정진건은 그런 생각으로 머릿속이 복잡한 김강철에게 어

렵사리 부탁을 했다.

"김강철 형사님, 개인적으로 부탁하나 드려도 됩니까?"

ㅡ……아, 예. 말씀하이소.

"제가 방금 말씀드린 일을 모른 척해 주시면 감사하겠습니다."

ㅡ…….

김강철은 한동안 침묵하다가 입을 뗐다.

ㅡ들어는 보겠는데, 와 그래야 합니까?

"……이런 말씀을 드리기 조심스럽습니다만, 어쩌면 부산에서 만난 마동철 사칭자는 제가 아는 사람일지도 모릅니다."

ㅡ예? 그게 무신…….

"저도 아직 확신은 하지 못합니다만, 어쩌면 체포하신 마동철이 위장 잠입 중인 동료인 것 같아서 말입니다."

정진건의 말에 김강철은 저도 모르게 헛웃음을 터뜨렸다가 침착하게 목소리를 낮췄다.

ㅡ그게 참말입니까?

"아까 말씀드렸듯 아직 확신은 못 드립니다. 다만 정황을 놓고 보면 이번 일에……."

ㅡ아입니다. 지도 대강 눈치는 깠심다. 하긴, 우리 서장님이 어떤 분인데…… 왠지 정 형사님 말씀을 들으니까네 그럴지도 모르겠네예.

"이해해 주시겠습니까?"

－하모요. 큰 고기를 낚을라카믄 잔챙이는 미끼로 써야제. 부시리 미끼로는 전갱이를 쓴다 아입니꺼.

낚시는 문외한이지만 김강철이 그렇게 말하니 정진건도 어딘가 와닿는 비유라고 느꼈다.

－그라도 말이지예. 암만 그라도 오래는 못 버팁니더.

김강철이 진지한 어조로 말을 이었다.

－우쨌거나 당부하신 것도 있으니 일단 가래로 막을 거 호미로 막아는 보겠지마는 이번에 일어난 사건들을 보믄 뭔가 일이 크게 터질 거 같단 예감이 듭니더.

"……이해합니다."

그가 전한 창원 물류 공장 화재가 우연이 아니라면, 그리고 거기서 발견된 탄피까지 이번 사건과 연관이 있다면…….

'그 일과 직접적으로 맞닥뜨리고 있는 부산 경찰들 입장에서는 나처럼 남 일인 것처럼 이야기할 수 없을지도 모르겠군.'

천화초등학교는 부촌에 자리 잡은 학교답게 전국 단위로 보아도 손에 꼽힐 만큼 각종 인프라가 우수하기로 유명했다.

학교의 각종 시설은 유지 보수라는 개념을 넘어 항상 신식으로 갖추었을 뿐만 아니라, 최근에는 급식이며 방과 후 교실 등 시스템적인 측면에서도 최선두를 달리며 그러잖아도 예전부터 이름 높던 천화초등학교를 뭇 학부모들이 선망하는 명문 사립 초등학교로 만들었다.

이를 두고 사람들은 이사장과 한집안 사람인, 국내에서 손꼽히는 재벌가 도련님인 이성진이 재학 중이어서 그런 것이라고 멋대로 떠들어 댔다.

그도 그럴 것이 이성진이 재학하는 6년간 다른 여느 때에 비해서도 괄목할 발전을 이루며 이제는 타 학군이며 각 장학사들이 천화초등학교의 시스템을 배우고자 자주 찾는 곳이 된 것이다.

그러다 보니 대한민국의 비정상적인 교육열에 힘입어 천화초등학교 주변의 부동산 가격이 부쩍 올랐고, 차로 20분 정도를 달리면 나오는 곳에 각종 학원이 즐비하게 들어서며 자연스레 학원 통학용 승합차를 기다리는 아이들도 늘어났다.

이러한 흐름에 방과 후 교실의 설립 취지로 사교육 의존도를 낮춰 보자는 명분을 내세운 이성진은 그 광경을 보며 쓴웃음을 짓고 말았지만, 한편으론 예상하던 바였다는 소회를 밝히기도 했다.

어쨌건 한동안 천화초등학교 입구에는 각 학원 승합차가 늘어서는 진풍경이 펼쳐졌고, 안전 등의 이유로 이 모습을 지켜볼 수 없었던 천화초등학교 이사장 이태준은 사단이 매입했던 학교 인근 부지를 방학 중에 대형 주차장으로 개발해

버렸다.

　강이찬이 차를 대고 있는 주차장이 바로 그곳으로, 그는 이 장소도 왠지 오랜만에 오는 것 같다고 생각하며 한성진을 기다리고 있었다.

　"형, 안녕하세요."

　멀리서 한성진이 손을 흔들며 다가왔다.

　"음, 오랜만이다."

　"휴가는 잘 보내셨어요?"

　"……그럭저럭."

　아버지가 이태석 전속 운전기사여서 그런지, 한성진은 강이찬이 생각하는 것 이상으로 그에게 호감이 표했고, 천성적으로 무뚝뚝한 강이찬도 나름대로 한성진을 잘 대해 주었다.

　강이찬은 한성진의 인사를 받으며 주위를 두리번거렸다.

　"사장님은?"

　"아, 성진이는 누구더라, 조세화? 요즘 부쩍 어울려 다니는 애 있잖아요. 걔네 차 타고 간댔어요."

　한성진의 대답에 강이찬은 무표정한 얼굴로 흠, 가볍게 숨을 내쉬었다.

　"학교로 오라고 하셔서 왔더니."

　"어라, 혹시 성진이한테 못 들으셨어요?"

　"음, 학교로 오란 말 정도만 들었다만."

　그 외에는 어젯밤 전화로 '사적인 용무'에 자신을 쓴다는 이야기도.

그러자 한성진은 본인이 미안하단 얼굴을 했다.

"그랬군요. 저는 다 알고 오신 줄 알았는데……. 성진이 그 녀석도 참."

"응?"

"성진이가 저한테는 오늘 하루 형이랑 동행할 거라고 했거든요."

보아하니 이성진이 부여한 임무는 오늘 하루 한성진의 전속 운전기사 노릇을 하라는 의미인 듯했다.

'사적인 용무가 맞긴 하군.'

뭐, 이성진의 명령은 이따금 이해하기 힘든 면이 많기는 하지만 불합리한 일은 거의 없었으니.

강이찬은 이번 일도 있는 그대로 받아들이기로 했다.

"알겠다. 그래, 오늘 어디 먼 곳에 갈 예정이냐?"

"음…… 그렇지는 않은 거 같아요."

한성진이 강이찬을 따라 조수석에 올라타며 말을 이었다.

"성진이 말로는 바른손레코드에 들렀다가 용산에 다녀오면 된다고 했거든요."

"용산?"

"네, 미국에서 온 바이올린 잘한다는 여자애가 있는데 컴퓨터를 살 거라나요? 성진이가 저더러 그 애가 컴퓨터 사는 일 좀 도와주라고 부탁을 했거든요."

강이찬은 들을수록 사적인 용무구나 싶다가도 홀로 생각한 그 내막에 대해 곱씹으며 고개를 끄덕였다.

'바른손레코드 백하윤 대표가 이성진에게 개인적인 부탁을 한 모양이군.'

서당 개 삼 년이면 풍월을 읊는다고, 삼 년까지는 가지 않았지만 강이찬도 그간 이성진의 운전기사 노릇을 하며 사업이라는 것이 대강 어떻게 흘러가는지 감을 잡고 있었다.

'즉, 개인적이면서도 개인적이지 않은 일인가.'

백하윤은 SJ컴퍼니의 중요한 비즈니스 파트너이니, 강이찬은 이성진이 그 부탁을 뿌리치지 않고 적극적으로 수용한 것도 그의 수완 중 하나라고 보았다.

'막말로 컴퓨터를 살 거라면 삼광 브랜드의 완성형 PC를 사도 될 일을 일부러 번거롭게 처리해 가면서 말이지.'

물론 이는 강이찬의 오해로, 이성진은 잠시 시간을 벌고자 편의상 한성진까지 끼워 넣어 써먹은 것에 불과했다.

"그러면 일단 바른손레코드로 가면 되겠군."

"네, 그쪽에 도착하면 제가 핸드폰으로 전화를 걸게요."

바른손레코드라면 전예은을 데리고 자주 들른 곳이니 강이찬은 어렵지 않게 차를 몰고 길을 찾았다.

"정말이지, 성진이도 남 부려 먹는 게 자연스럽단 말이죠."

한성진이 가볍게 투덜거렸다.

"오늘 별다른 예정이 없었으니 망정이지, 안 그랬으면 형한테 생고생만 시킬 뻔했어요."

강이찬은 한성진의 말을 들으며 왠지 이성진이라면 한성
진이 오늘 별다른 일정이 없다는 것도 파악하고 있지 않았을
까, 생각했다.

"그런데 그 여자애를 바른손레코드에서 만나기로 했다지?
연예인이냐?"

"바이올린 신동이래요."

한성진이 어깨를 으쓱였다.

"듣기로는 백하윤 선생님이 직접 미국까지 가서 데려왔다
던데……. 제 짧은 영어 실력으로 의사소통이 가능할지 잘
모르겠어요. 아, 형은 영어 잘해요?"

"……아니, 별로."

특수부대를 나왔다 보니 군용 영어는 조금 알지만, 그게
일상 회화는 아닐 테니까.

"그래도 바이올린 신동이라니, 성진이보다 잘할까요?"

"글쎄."

강이찬이 핸들을 꺾으며 담담히 물었다.

"나는 사장님이 바이올린을 할 줄 안다는 것만 알고 있는
데, 바이올린에도 일가견이 있으신가?"

한성진은 무슨 소리냐는 듯 반박하듯 대답했다.

"제가 보기에는 일가견 정도가 아니라 타고났다는 수준이
에요. 저는 첼로만 조금 손대고 있을 뿐이지만, 알면 알수록

성진이가 대단한 애구나, 깨닫게 되거든요."

한성진이 말을 이었다.

"콩쿠르 같은 곳을 가 봐도, 다들 난다 긴다 하는 애들이 나오는데도 제 눈에는 성진이 솜씨의 발끝에도 못 미친다고 생각할 정도예요. 뭐라더라, 민정이가 말해 줬는데 저번에 금일 그룹 행사장에 가서도 바이올린 잘하기로 꽤 유명한 애 콧대를 눌러 줬다더라고요."

금일 그룹 행사라면, 그때 조세화와 동행했을 때 말인가.

뿐만 아니라 그날은 구봉팔이 자신의 업장에서 습격을 당한 날이기도 했다.

'얼마 전인데도 꽤 오래된 이야기 같군.'

한성진이 빙긋 웃었다.

"어쨌거나 그 애가 어느 정도일지는 모르지만, 성진이만큼은 아닐 거예요. 제가 아는 사람 중에는 성진이가 제일 바이올린을 잘 켠다고 확신하거든요. 아, 물론 또래 중에서요."

"……그렇군."

강이찬은 한성진과 이성진 사이에 형성된 우정이 참 묘하다고 생각했다.

'어느 한쪽이 압도적으로 뛰어나면 질투나 시샘보다 존경심이 생기는 건가?'

보는 것처럼 한성진은 이성진을 존경하듯 따랐고, 이성진도 그런 한성진을 얕잡아 보지 않았다.

오늘 일도 한성진이 거절하지 않아서 그렇지, 그가 다른 사정이 있어 거절하였다 하더라도 이성진은 아랑곳하지 않았을 것이다.

회사에서, 그리고 이런저런 일로 겪어 온 바 이성진은 저래 봬도 공과에 엄격한 편인 데다 이따금씩은 언뜻 냉혹한 면모마저 보였다.

당장 전예은만 보더라도 서로가 서로를 신뢰하는 관계이지만, 전예은과 이성진의 관계는 어디까지나 공적 영역의 범주에서 논할 수 있는 사이였다.

최근 어울려 다니는 조세화도 강이찬이 보기엔 어디까지나 그녀가 회사에 이득이 된다고 판단했기 때문에 '지나치게 친절한' 모습을 보이는 것이란 생각마저 들 정도였다.

반면에 한성진에 한해서는 자신의 속내를 드러내 가며 그를 존중하는 모습마저 비쳤는데, 그건 때때로 자식을 바라보는 아버지 같다는 느낌이 들 때도 있었다.

'……가정에서 모습과 회사에서 모습을 구분하는 거려나.'

하긴, 강이찬 자신은 사적인 장소에서 이성진을 겪어 보지 않았으니 그 양면성에 대해 왈가왈부하기 어렵겠다고, 스스로 생각했다.

이윽고 강이찬이 모는 차가 바른손레코드 빌딩 인근에 도달했다.

"슬슬 전화해 보면 될 거 같군."

"네, 형."

한성진은 핸드폰을 꺼내 '안녕하세요' 하며 예의 바르게 전화를 걸더니 이내 통화를 마쳤다.

"비서님이 곧 데리고 나오신대요."

그렇게 두 사람은 갓길에 차를 대고 '여자애'가 오기를 기다렸다.

"크리스, 이제 내려가자."

크리스는 김유미의 말에 바이올린 연습을 멈추고 시계를 보았다.

'마침 애들이 하교할 시간이군.'

크리스도 바이올린 연습이 싫지는 않았지만, 바이올린에 몰입하다 보면 이따금 시간이 훌쩍 지나가 버리고는 해서 왠지 시간을 낭비하는 것 같다는 기분이 들곤 했다.

'오늘은 시간을 때우는 게 목표였으니 자아를 붙잡지 않고 내버려 두었지만.'

정말로 정신 줄을 놓으면 허기와 갈증, 피로에 지쳐 쓰러질 때까지 바이올린을 연주하게 되지 않을까, 크리스는 그 점을 염려하며 바이올린을 신중하게 대했다.

'그래도 요즘엔 조금씩 감이 오는 거 같기도 해.'

바이올린이야 배운 것 없이도 타고난 재능으로 연주를 할 수 있으니 연습이 무슨 의미가 있으랴 싶긴 하지만, '제어'를 하는 데 도움이 된다는 의미에서는 노력할 가치가 있었다.

크리스는 바이올린을 정리한 뒤 김유미를 따라 짐을 챙겨 엘리베이터에 올랐다.

"오늘은 잠깐 본 것뿐이지만 역시 대단하네."

"에이 뭘요."

연습일 뿐이었지만 이번에도 김유미는 크리스의 연주를 아낌없이 칭찬했다.

어저께 김유미의 감정을 한껏 흔들어 백하윤에게 혼쭐이 난 크리스는 오늘만큼은 그 능력을 자제했지만.

그것만 하더라도 김유미는 크리스의 연주에 또다시 마음을 빼앗긴 모양이었다.

"아니야. 백하윤 선생님이 쓰신 바이올린 교본, 우리 사이에서는 어렵기로 정평이 나 있는걸."

꼭 백하윤의 비호를 받아서가 아니라, 대한민국에서 바이올린을 한다는 사람들은 대부분이 백하윤이 쓴 5단계로 난이도를 분류한 교재의 신세를 졌다.

그중 최종권인 5편은 바이올린을 전공하는 음대생 사이에서도 악명이 자자했는데, 크리스는 그 5편을 어렵지 않게 연습하고 있었으니 음대 출신인 김유미는 크리스의 솜씨에 새삼 감탄한 것이었다.

'그러게, 나도 놀랐지.'

전생에 모친의 성화로 바이올린을 만져 봤으니 크리스도 백하윤이 쓴 교본이 어떻다는 것쯤은 잘 알고 있었다.

'전생에는 3권쯤에서 때려치웠는데.'

악기 연주 실력이란 점진적으로 서서히 성장하는 것이 아닌, '안 되던 것이 어느 날 갑자기 됐다'는 계단식으로 성장하는 것이어서, 인내심이 부족한 연습생들은 벽에 가로막히는 순간 흥미를 잃고 악기를 손에서 놓아 버리기 일쑤였다.

그런 의미에서 보자면 잠깐씩만 손을 댔을 뿐인 전생의 크리스가 악명 높은 백하윤 바이올린 교본을 3권까지 해낸 것도 그가 음악을 업으로 삼고자 했다면 그럴 자질이 있다고도 말할 수 있겠지만.

'우리 엄마야 욕심을 냈지만 어차피 나도 별로 하고 싶단 생각은 없었고……'

지금이라면 또 모를까, 크리스는 전생의 모친인 서명선에게 자신의 연주를 들려주고 싶단 생각이 물씬해졌다.

'궁상은.'

모친을 떠올려서 그랬는지 크리스는 괜스레 마음 한구석이 울적해지려던 걸 애써 떨치며 김유미에게 물었다.

"그런데 언니, 듣기는 했는데 SJ컴퍼니에서 컴퓨터 사는 걸 도와준다면서요?"

"응, 누가 올지는 나도 잘 모르겠지만. 어제 봤던 조인영이란 사람이 오려나?"

글쎄? 컴퓨터 분야에선 어제 본 조인영도 믿음직스럽기는 했지만, 닭 잡는 데 소 잡는 칼 쓸 필요 없다고. 고작 컴퓨터 고르는 일에 그 분야의 프로를 내보내서야.

'아니지, 백하윤에게 빚을 만들어 둔다는 의미에서는 어쩌면?'

그렇게 생각하며 건물 밖으로 나온 크리스는 저도 모르게 멈칫했다.

'……어?'

SJ컴퍼니에서 보낸 사람은 크리스도 아주 잘 아는 사람이었다.

'한성진, 네가 왜 거기서 나와?'

한성진을 발견한 크리스가 당황하고 있을 때 김유미는 강이찬과 인사를 나누었다.

"SJ컴퍼니에서 오신 분인가요?"

"예, 그렇습니다."

어머나, 멋진 남자.

속된 말로 너드로만 가득한 줄 알았던 SJ컴퍼니에 이런 원석이 있었을 줄이야.

'혹시 SJ엔터 쪽 사람인가?'

김유미는 의식적으로 미소를 지었다.

"처음 뵙겠습니다. 바른손레코드 김유미라고 해요."

"강이찬입니다."

강이찬이라고 하는구나.

김유미는 강이찬의 이름 석 자를 머릿속에 새기며 인사를 이어 갔다.

"네, 그리고 이쪽은……."

김유미가 소개를 하려 크리스를 보았더니, 한성진이 먼저 인사를 건네는 중이었다.

"Hello. Are you Chris? My name is 한성진. Nice to meet you."

한성진이 학교에서 배웠을 법한 초급 영어 회화를 떠듬떠듬 구사하는 걸 보며 김유미는 빙긋 웃었지만.

"……."

크리스가 멍하니 서서 대답도 않는 걸 보며 대신 끼어들었다.

"어머, 크리스가 낯을 가리나 보네. 아마 네…… 이름이 뭐니?"

"아, 죄송합니다, 누나. 저는 한성진이라고 해요."

그나저나 애가 나올 줄은 몰랐는데, 강이찬이라는 저 남자를 따라온 걸까?

김유미는 멋대로 생각하며 한성진에게 빙긋 웃어 주었다.

"한성진? 그렇구나. 크리스가 한국에서 또래를 만나는 게 이번이 처음이라 쑥스러운가 봐."

"다행이네요. 저는 또 제 영어 발음이 형편없어서 못 알아듣는 건 줄 알았거든요."

"아니야. 크리스 한국말 잘하거든. 그냥 잠시 낯을 가리는 거라고 생각해."

덤이나 혹 같은 거라고 생각했더니 제법 싹싹하다.

'어쨌거나, 또래가 있으면 크리스도 좀 맘 편히 있어 주겠지.'

김유미가 강이찬에게 말을 건넸다.

"그럼 강이찬 씨, 우리 크리스 잘 부탁드려요."

"예."

"아, 혹시 모르니…… 삐삐라든가 연락처 있으세요?"

강이찬이 명함을 꺼내 김유미에게 건넸다.

"여기 있습니다."

개인 연락처가 아닌, 명함을 건네는 사무적인 태도에 김유미는 조금 실망할 뻔했지만.

"011…… 핸드폰 번호인가요?"

"예. 삐삐는 없어서."

핸드폰을 가지고 있다니, 꽤 잘나가는 모양이다.

"그러시군요. 아, 저도 명함을 드려야……."

"아닙니다. 용건이 있으면 회사로 전화를 걸겠습니다."

음, 좀 까칠하네.

김유미는 여기서 더 치근덕거리면 있던 정도 사라질 거란 판단하에 고개를 돌려 크리스의 어깨를 톡 건드렸다.

"그러면 크리스, 언니는 먼저 가 볼게."

김유미의 손길에 멍하니 있던 크리스는 그제야 움찔하며 반응을 보였다.

"……네."

그런 크리스를 보며 한성진은 '정말로 한국말을 잘하나 보네' 하고 생각했다.

"그럼 먼저 실례하겠습니다."

김유미는 그들에게 작별을 고한 뒤 회사로 돌아갔고, 한성진이 미소 띤 얼굴로 크리스를 보았다.

"크리스, 너 정말로 한국말 알아듣니?"

"……그래."

반말이네.

하긴, 영어에는 존댓말이 없다고 들었으니까.

"9월인데도 아직 덥다. 얼른 차에 탈까?"

크리스는 말없이 뒷좌석 문 앞에 섰고, 강이찬이 문을 열어 주자 자연스럽게 차에 올라탔다.

'자연스럽네. 얘도 부잣집 앤가?'

강이찬과 눈이 마주친 한성진은 그를 보며 어깨를 으쓱인 뒤 조수석에 올랐다.

9월 초입 한낮은 무더웠다.

땀을 뻘뻘 흘리며 주소가 적힌 종이쪽지를 들고 주택가 단지를 돌아다니던 유상훈은 어느 집 담벼락에 기대어 손수건으로 흐르는 땀을 닦았다.

'이럴 줄 알았으면 그냥 차를 끌고 올 걸 그랬군.'

잘 모르는 주택가에 차를 끌고 오는 걸 피하고 싶어서 인근 유료 주차장에 차를 세우고 여기까지 왔건만, 걸은 지 10분도 채 되지 않아 후회가 물밀 듯 밀려왔다.

'여기도 부촌이라 그런지 길이 널찍하네.'

다음에 올 일이 있을지는 모르겠지만, 오게 된다면 꼭 차를 끌고 오자고 생각하며 유상훈은 땀에 젖은 손수건을 주머니에 쑤셔 박았다.

'그나저나 이 근처일 텐데.'

서류 가방을 든 손을 바꾼 유상훈은 그가 등지고 선 담벼락의 주소와 종이쪽지를 번갈아 보며 다시 발걸음을 옮겼다.

목적지는 머지않아 찾을 수 있었다.

'저긴가 보구먼.'

유상훈은 길목을 돌자마자 보이는 꽤나 으리으리한 저택과 그 앞에 선 검은 쫄티를 입은 사내를 발견하곤 저곳이 조세화의 본가임을 확신했다.

짧은 그늘 쪽에 서서 쭈쭈바로 더위를 달래던 남자는 유상훈이 다가오자 험상궂은 얼굴로 고개를 돌렸다.

"……."

거참.

예전의 그라면 그 눈빛에 쫄았겠지만, 최근 이래저래 그 바닥(?) 사람들을 적잖이 만나 본 유상훈은 미소 띤 얼굴로 남자에게 다가갔다.

"실례합니다. 여기가 조세화 씨 자택입니까?"

"……."

남자는 대답하지 않았다.

유상훈은 웃는 얼굴에 침 못 뱉는단 속담을 속으로 되뇌며 품을 뒤적였다.

"아, 수상한 사람이 아니라."

유상훈이 남자에게 명함을 내밀었다.

"저는 조세화 씨에게 고용된 변호사 유상훈이라고 합니다. 혹시 괜찮으면 사모님을 뵐까 하는데요."

명함을 받아 든 남자는 대문 쪽에 달린 CCTV를 향해 손짓을 했고, 이내 문이 덜컹 열렸다.

유상훈은 남자의 뒤를 따라가려 했지만, 방금 전 남자와 교대해 나온 덩치 큰 남자에게 튕기듯 가로막히고 말았다.

'나 원 참. 하긴 신중한 것도 이해는 간다만.'

듣기로 조설훈의 사후, 이 집 앞에는 기자들이 상주하며 조세화 모녀를 귀찮게 해댄 모양이었고, 조세화는 초여름 하루살이처럼 귀찮게 달라붙는 기자를 피해 학교도 쉬고 있었다고 하니까.

어색하게 문에서 비켜 선 유상훈이 교대하고 나온 남자에게 말을 붙였다.

"그나저나 지구 온난화에 오존층이 얇아진다더니 엄청 덥네요."

"……."

뭔 묵언 수행이라도 하나.

유상훈도 그냥 입을 다물기로 했다.

그렇게 유상훈이 얼마간 자신을 없는 사람 취급하며 문 앞에 선 남자와 기다리고 있으려니. 문이 열리며 방금 전 사내가 모습을 드러냈다.

"들어오시오."

"예."

유상훈은 괜히 방금 전 문 앞에서 시간을 공유하던 남자를 흘겨본 뒤, 사내를 따라 집 안으로 들어섰다.

제법 훌륭한 저택이었으나, 유상훈은 어째 이 집 마당의 잡초가 길게 자란 것 같단 생각이 들었다.

'좋은 집인데. 방치해 두고 있는 건가?'

조설훈은 사망했고, 장남인 조세광은 구치소에, 딸인 조세화는 이 집을 떠나 살고 있으니 손님도 발길을 끊은 이 집을

홀로 지키자면 관리가 허술해지는 것도 영 이해 못 할 바는
아니다만.

남자는 문을 열어 준 뒤 발걸음을 옮겼고, 유상훈은 들어
가도 될지 잠시 망설이다가 문을 열었다.

실내는 추울 정도로 에어컨을 빵빵하게 틀어 두었다.

'최소한 어디 있는지 안내는 해 줘야 하는 거 아닌가.'

하지만 그런 투덜거림도 잠시, 거실 쪽에서 목소리가 들렸
다.

"여기예요."

유상훈은 목소리를 따라 거실로 향했다.

거실에는 나이보다 젊어 보이는 미인이 소파에 기대어 앉
아 와인을 홀짝이고 있었는데, 바닥에 놓인 병을 보니 아예
거실에 눌러앉아 술만 퍼마시고 있는 모양이었다.

아마 조세화가 나이가 들어 성숙한 여성이 되면 (외모만큼은)
눈앞의 여인처럼 되지 않을까.

유상훈은 그녀를 보며 조세화가 외탁을 한 모양이구나, 생
각이 들었다.

'그리고 사진 속 여인이랑도.'

유상훈이 싹싹하게 인사를 건넸다.

"안녕하십니까. 저는……."

"아까 김 실장에게 들었어요, 세화 변호사라죠?"

유상훈의 말허리를 자르고 들어온 여자는 새삼스레 손에

든 유상훈의 명함을 보았다.

아마 그녀에게 '김 실장'이라 부르는 방금 전 남자가 전달하고 간 모양이었다.

"변호사 유상훈. 상훈 씨라고 부를게요. 그래도 되죠, 상훈 씨?"

"하하, 그러시죠."

"적당히 앉으세요. 상훈 씨, 한잔 드시겠어요?"

유상훈은 그녀 대각선 멀찍한 소파에 엉덩이를 붙이고 앉았다.

"아닙니다. 차를 끌고 와서요."

"그래요? 그러면 그러시든가."

그녀는 보란 듯 콸콸 붉은 와인을 잔에 채웠다.

"참, 내 정신 좀 봐. 제 이름 아직 말 안 했죠?"

"아닙니다. 알고 있습니다, 사모님."

사모님이란 호칭에 그녀가 코웃음을 쳤다.

"사모님은 무슨. 그렇게 부르지 마세요."

"그럼…… 강미자 씨?"

강미자가 고개를 끄덕였다.

"그나마 한결 낫네요. 그런데 제가 누구라는 건 세화한테 들었어요?"

"아뇨, 따로 조금 알아보았습니다."

유상훈의 대답에 강미자는 픽 웃으며 와인을 한 모금 마신 뒤 탁자에 잔을 내려놓았다.

"그렇군요. 그러면 아시는 대로 요시코(美子)라고 불러 주시지. 굳이 촌스럽게 강미자 씨가 뭐람."

"……."

강미자가 깍지 낀 손을 무릎에 올렸다.

"그나저나 세화 변호사가 저를 왜 찾아왔나 했더니, 저한테 용무가 있으신 모양이군요."

비록 눈이 풀리고 혀가 부드러웠지만 취중에도 상황을 꿰뚫어 보는 직관은 명확했다.

"그렇습니다."

"돈 문제? 아니면 제 명의가 필요한 일인가요? 그런 건 알아서 하라고 했는데."

"그런 게 아닙니다. 오늘 여기 온 건 누가 시켜서가 아니어서요."

"그러면 저한테?"

"예."

유상훈은 대답과 동시에 들고 온 서류 가방을 무릎에 올린 뒤 자물쇠를 풀었다.

"실은 어제 조세화 씨에게 부탁받은 일이 있어서요. 혹시 강미자 씨께서 알아봐 주실 수 있을까 생각이 미쳤거든요."

유상훈은 가방에서 어제 복사한 사진을 꺼낸 뒤 강미자에게 허리를 굽혀 전달했다.

"어디 보죠."

강미자는 사진이 인쇄된 종이를 잠시 살펴보다가 픽 웃었다.

"엄마네요."

"……예?"

강미자의 단답에 내심 그녀가 좀 더 잡아떼겠거니 생각한 유상훈은 당황했다.

"어디서 찾았대요?"

"……그, 작고하신 회장님 저택 서재에서."

"그랬군요. 그 사람도 참……."

강미자는 탁자에 놓인 라이터를 꺼내 담뱃불을 붙인 뒤, 한 모금 빨았다.

"우리 엄마, 미인이었네."

"……."

유상훈의 시선을 눈치챈 강미자가 고개를 갸웃했다.

"왜요?"

"아뇨, 아무것도 아닙니다."

"……그렇군요. 그런 걸로 치죠."

그러고 몇 초가량 사진을 응시하던 강미자는 담뱃불로 종이 끄트머리에 불을 붙인 뒤, 종이가 타들어 가는 걸 가만히 쳐다보다가 이를 크리스탈 재떨이 위에 살포시 놓았다.

사진이 인쇄된 종이는 재떨이 위에서 오그라들며 타올랐

고, 강미자는 그 위에 와인을 조금 흘려 불씨를 완전히 꺼트렸다.

아무런 말없이 강미자의 행동을 지켜보는 유상훈은 그게 이 사진에 대한 증거나 흔적을 없애려는 것보단 마치 시체를 화장하고 염을 하는 일종의 엄숙한 의식에 가깝단 느낌이 들었다.

가만히 재떨이 위의 지저분한 재를 쳐다보던 강미자가 문득 입을 뗐다.

"세화 그 애가 변호사님께 가지고 왔다고요?"

"예."

"흠. 아마 그 애도 이제는 대강 눈치를 챈 모양이네요. 누굴 닮았는지 참 똑똑하다니까."

강미자가 표정을 읽어 낼 수 없는 묘한 미소로 유상훈을 보았다.

"그리고 상훈 씨가 이 사진을 들고 저를 찾아왔다는 건, 상훈 씨도 세화의 출생이 어떤지 아시는 것 같고요."

우아하게 와인을 한 모금 들이켠 뒤, 강미자가 글라스를 빙글빙글 돌렸다.

"다 알고 오셨으니까 질척거리는 것 없이 담백하게 가죠. 제가 뭘 어떻게 하면 좋겠어요?"

그렇게 말하는 강미자에게선 그 어떤 삶의 의욕도 찾을 수 없었고, 지금 이 순간도 어디까지나 '올 게 왔다'는 식으로 받아들일 뿐이었다.

유상훈은 남이 눈치채지 않도록 마른침을 꿀꺽 삼킨 뒤 입을 뗐다.

"예, 단도직입적으로 말씀드리면……. 강미자 씨가 이 사실을 함구해 주셨으면 합니다."

유상훈의 대답에 흐리멍덩하던 강미자의 눈에서 살짝 이채가 발했다.

"재밌는 말이네요. 그렇게 나오실 줄은 저도 생각 못 했는데."

유상훈은 그런 그녀를 보며 조세화의 영특함이 조성광에게서만 물려받은 건 아닌 모양이라고 생각했다.

강미자.

공식적으로는 조설훈과 혼전 임신을 하여 조세화를 출산한 조세화의 친모이지만, 사실 조성광의 아이를 밴 여자.

강미자의 이전 행적에 대해 알기 힘들었던 것은 다름 아닌 그녀가 재일교포였기 때문으로, 일설에 의하면 그녀의 집안은 재일교포들이 뭉쳐 만든 야쿠자 지부라는 소문도 나돌았다.

그녀가 야쿠자 집안의 여식이었다는 건 단순 소문으로 치부하더라도 강미자의 혼전 국적이 일본이라는 것 자체는 서류에도 기재된 사실이었다.

그런 강미자가 조성광의 아이를 밴 채 조설훈과 위장 결혼까지 하여 십수 년간 결혼 생활을 이어 온 것과, 정을 통한 조성광이 자신의 모친을 각별히 여기고 있었다는 정황을 보면 그녀의 인생사가 누구 못지않게 뒤틀리고 굴곡진 행태일 것이란 짐작도 가능하리라.

그러나 강미자는 그걸 남에게 시시콜콜하게 떠들고 다니는 성격도 아니었고, 유상훈도 (지금처럼 의뢰나 명령이 아니면)일부러 발품을 팔아 가며 남의 사생활을 들쑤시고 다니는 일에는 흥미가 없는 인물이었다.

다만 그렇다고는 해도 강미자에 대한 이런 사전 정보는 유상훈에게도 무의미한 조사가 아니었던 것이, 그녀의 출신이며 주변 인간관계 등을 알고 있으면 혹시라도 그녀가 조성광 및 조설훈의 유산으로 장난을 칠 여지를 미리 알고 예방하는 것도 가능하기 때문이었다.

'물론 지금 모습을 보면 그걸 친가에 이득이 가는 방향으로 설계하거나 할 염려는 없어 보인다만.'

그다음으로 고려할 사안은 그녀에게 모성이 있는가 하는 점이었다.

의붓아들인 조세광이야 그렇다 쳐도, 유상훈이 보기에는 어째 그녀 자신이 열 달 남짓 품에 넣어 기르고 낳은 조세화에게도 이렇다 할 애정을 보이는 것처럼 보이질 않았기에 유상훈은 이번 일의 구실로 '따님의 장래를 위해서' 운운하는 것이 먹힐지가 의문이었다.

'애당초 저 여자의 욕망이 뭔지도 알 수가 없으니.'

자고로 협상의 기본은 상대의 욕망을 읽고 그에 맞춘 마지노선을 그어 둔 뒤 합의점에 도달하는 것인데, 눈앞의 강미자는 (예전에도 그랬는지, 최근 힘든 일을 겪은 후 생긴 일인지는 모르지만) 삶의 의욕을 잃어버린 채 술독에 빠져 지내고 있는 것처럼 보였다.

'어떤 의미로는 이쪽이 제시한 조건에 가장 쉽게 응하는 상태라고도 볼 수 있겠지만, 다른 한편으론 무슨 말을 해도 먹히지 않을 공산도 크지.'

더군다나 유상훈이 분석하기론 강미자는 얼핏 보기엔 여느 유한마담처럼 보이지만 본질은 영리하고 기가 드센 인물이었다.

강미자를 본 순간부터 머릿속에 이번 일을 어떻게 풀어 가면 좋을지 궁리를 이어 오던 유상훈은 이내 전략 수립을 마치고 입을 뗐다.

"최소한 향후 몇 년……. 세화 씨가 장성할 때까지만이라도 비밀로 해 주셨으면 합니다."

강미자가 빙그레 웃었다.

"출생의 비밀을 알게 된 세화 그 아이의 정신 건강을 염려해서 그러시는 건 아닐 테고……. 그건 상훈 씨에게 이 일을 덧씌워 의뢰한 의뢰주의 견해인가요?"

말투는 나긋나긋했지만, 그 말 속에 든 가시와 냉소적인 태도에 유상훈은 식은땀이 날 것 같았다.

　"꼭 그렇지만은 않습니다. 조세화 씨는 지금 연령적으로 한창 민감한 시절을 보내는 중이니까요."

　"소위 말하는 사춘기라는 거죠?"

　"바로 그렇습니다."

　"좋아요. 저도 그 부분은 납득했어요."

　정말로 납득한 건지, 아니면 말로만 그러면서 이쪽을 떠보는 것인지.

　강미자는 잠시 뜸을 들인 뒤 고혹적인 미소를 지으며 다시 입을 뗐다.

　"하지만 상훈 씨가 저를 찾아와 이런 부탁을 한다는 건, 그게 상훈 씨에게 이 일을 의뢰한 '주인님'에게도 좋은 일이기 때문이겠죠?"

　그녀가 말한 '주인'이란 말에 유상훈은 떨떠름한 기분을 얼굴색에 띄울 뻔했다.

　"좀 더 대국적인 관점에서 이야기를 하자면 그게 조세화 씨에게도 이익이 되는 일입니다."

　"들어 보죠. 왜 그렇게 생각하나요?"

　알면서 물어보는 것 같다는 느낌이 드는 건 왜일까.

　어쨌거나 유상훈은 강미자에게 지금 조광 그룹 내부의 파벌 다툼을 먼저 언급한 뒤, 조세화가 실은 조성광의 친자임이 밝혀질 경우 그 파벌 다툼이 더 심화될 여지가 있음을 전했다.

"……그래서 조광 그룹의 장래를 위해서라도 한동안, 그러니까 귀사의 경영이 안정을 되찾을 때까지는 이 일을 함구해 주시는 편이 더 나을 거란 판단이었습니다."

꽤 긴 이야기였지만 강미자는 끼어드는 일 없이 그 이야기를 반주 삼아 와인을 홀짝이며 끝까지 들었다.

"그럴듯하네요."

빈 와인 잔을 탁자에 놓은 강미자가 무릎을 끌어안으며 유상훈을 보았다.

"그러면, 제가 이 일을 언론에 공포하기라도 한다면 그 순간 조광 그룹은 아사리판이 나겠군요. 그렇죠?"

그 말에 유상훈은 등줄기가 오싹해졌다.

'……생각해 보니, 그녀가 조광 그룹의 이득을 위해 무언가를 해야 한다는 보장은 없었어.'

만약 강미자가 이 가문을 증오하며 원망하고 있다면?

그렇다면 이번 방문은 오히려 혹 떼려다 혹 붙인 격일 것이다.

강미자는 그런 유상훈을 물끄러미 쳐다보다가 풋, 웃음을 터뜨리더니 곧 깔깔대며 웃었다.

"농담이에요, 농담. 상훈 씨는 뭘 그렇게 진지하게 받으신담."

"……하, 하하……. 그랬군요. 농담, 하하."

유상훈이 어색하게 웃으며 맞장구를 쳤고, 강미자는 후, 하고 숨을 고른 뒤 말을 이었다.

"뭐, 제가 방금 한 말은 농담이지만…… 어느 누군가는 이번 일을 기회라고 생각하고 있기도 하거든요."

유상훈은 억지로 지었던 웃는 얼굴 그대로 굳었다.

"……예?"

"제 친가가 좀 유별난 곳이어서요. 아, 혹시 그쪽은 별로 안 알아보셨나요?"

……그야, 알아보았다면 알아보았지만.

유상훈은 그녀의 핏줄이 야쿠자와 닿아 있는 부분을 단순한 소문으로 치부하고 방관한 것이다.

'그런데 이 스노우 볼이 여기로 구르는군.'

굳이 변명하자면 일부러 외면한 것은 아니고, 일본 쪽 정보는 유상훈도 구하기 힘들어서 적잖은 시간과 비용을 소모해야 하는 일이었다.

하지만 생각해 보면 조성광은 일본 야쿠자 조직과 밀접한 연이 닿아 있었다는 소문이 도는 인물이었고, 그런 조성광이 재일교포 야쿠자 조직과 연이 닿아 그 사이에서 자식을 두었다고 할 때, 야쿠자들도 이 일을 모르지 않았을 가능성이 컸다.

'설령 그들이 조세화가 조성광의 딸이라는 걸 모르더라도

어쨌건 조설훈과 혼인 관계라는 사실은 변함이 없으니.'

그런 의미에서 보자면 이렇다 할 정당한 후계자가 나타나지 않아 파벌 다툼으로 개판이 난 조광 그룹에 야쿠자들이 강미자와 조세화를 엮어 발을 걸치지 않으리란 보장도 없는 것이다.

'이거, 조세화의 출생의 비밀을 밝히는 일에는 우리 꼬마 사장님이 생각한 것 이상의 리스크가 숨어 있었군.'

당연히 이성진도 신은 아니니 모든 걸 알지는 못한 것이라고, 유상훈은 생각했다.

'결국 조세화가 실은 조성광의 딸이었단 정보는 어떤 식으로든 대외비로 두어야 할 일이었던 거야.'

예상 밖의 사태에 혼란스러워하는 유상훈을 물끄러미 쳐다보던 강미자는 빈 글라스에 와인을 채우려는 듯 와인 병에 손을 뻗으려다가 슬며시 팔을 내렸다.

"상훈 씨, 그러면 이렇게 하죠."

"예? 어떤……."

"상훈 씨가 여기 온 건, 이성진이라는 꼬마 애의 의뢰 때문이죠?"

어떻게 안 거지?

여기 와서 이성진에 대해선 입도 벙긋하지 않았는데.

"후후, 저도 그 정도는 알아요. 설훈 씨도, 세화도 이따금 그 아이 이야기를 입에 담고는 했으니까."

"……."

그렇다고는 하나 이번 일의 의뢰인이 이성진임을 알아본
건, 그녀가 결코 만만치 않은 상대라는 방증일 것이다.

강미자가 나긋나긋한 어조로 말을 이었다.

"그러니까 이렇게 해요, 상훈 씨. 이성진, 그 아이와 제 만
남을 주선해 주세요. 그다음에 제가 어떻게 할지는 그 애를
만나 보고 결정하죠. 그러면 어떨까요?"

강미자가 내건 조건에 유상훈은 조심스레 물었다.

"그러면…… 되겠습니까?"

"지금은요. 사실, 저는 지금 이 일을 세화에게 알려주는 쪽
에 마음이 기울어 있어요."

"……."

"저는 미움 받을 용기가 부족한 사람이어서, 뒤늦게 진실
을 알게 된 세화한테 원망을 듣고 싶지 않거든요. 심지어 상
훈 씨 이야기를 들으니 세화도 지금 이미 자기 아빠가 누군
가 하는 걸 어느 정도는 눈치챈 느낌이고요."

돈도 명예도 관심이 없는 강미자가 내건 파격적인 조건에
유상훈으로서는 다른 선택지가 없었다.

"알겠습니다. 그러면 사장님께 연락을 취해 보겠습니다."

"좋아요."

강미자는 그제야 빈 글라스에 와인을 채워 넣었다.

"바쁘시죠? 이만 가 보세요."

이제 유상훈을 가지고 노는 건 질렸다는 듯, 단도직입적인 축객령이었다.

"예, 그럼 실례하겠습니다."

강미자는 작별 인사를 받지도 않고, 유상훈이 자리를 떠날 때도 와인을 홀짝이기만 할 뿐이었다.

'정말이지, 식겁했군.'

집 밖을 나선 유상훈은 그제야 안도의 한숨을 내쉬었다.

'아니 이럴 게 아니라 먼저 보고를 해야 해.'

유상훈은 이 무더위에 빠르게 발걸음을 옮기며 핸드폰을 꺼내 들었다.

그 시각, 조세화는 조성광에게 상속받은 저택의 응접실에서 구봉팔과 대면하고 있었다.

"피곤하지는 않으세요?"

"괜찮아. 돌아오는 길에 강이찬 그 친구랑 교대하며 운전했으니까."

빈말이 아니라 구봉팔은 겉으로 보기에도 멀쩡해 보였다.

게다가 강이찬을 언급하는 구봉팔의 표정이 조세화가 보기에도 어딘지 조금 부드러워 보여서, 조세화는 분위기를 환기시킬 겸 조금 짓궂게 물었다.

"그나저나 두 분이서 꽤 오랫동안 함께 계셨는데, 조금 친해지셨어요?"

"음."

구봉팔이 멋쩍게 웃었다.

"어느 정도는. 어쨌거나 강이찬도 막힌 한을 푼 모양이니까, 본인은 모르겠지만 내가 보기엔 꽤 유해진 것 같더군."

"한을 풀었다고요?"

다른 사람에게는 이런 말을 하지 않겠지만, 조세화는 그럴 필요가 없음에도 조건을 내세워 강이찬을 안기부의 속박에서 풀어 준 은인이기도 하니 구봉팔은 구태여 말을 해 주었다.

"죽은 줄 알았던 동생이 무사할 뿐만 아니라 행복하게 잘 지내는 걸 확인했거든. 정말이지 사람 일이란 알 수 없어."

"잘됐네요."

조세화은 오랜만에 듣는 기쁜 소식에 진심을 담아 활짝 웃었다.

"뭐, 따지고 보면 절반 정도지. 그 동생은 알고 보니 광남파 조직원의 아내가 되어 있었고……."

이어진 구봉팔의 이야기를 들으며 조세화는 고개를 끄덕였다.

"그 정도면 충분하죠. 어디까지나 남의 일이어서 저도 아저씨한테만 하는 이야기지만요."

"그래. 그리고 이 이야기는 이성진에게도 아직 안 한 모양이니까 너만 알고 있어라."

"그 오빠, 성진이한테도 그걸 비밀로 하나요?"

"그러게. 본인이 말하지 않겠다는데 굳이 알려 주는 것도 좀 그렇고…… 적당히 때가 무르익으면 강이찬 그 친구가 알아서 하겠지."

하긴, 이성진이 또래에 비해 똑똑하긴 하지만, 그런 뒷세계 쪽 이야기는 되도록 모르는 편이 좋을 거라고 조세화는 생각했다.

"그런데 그…… 강이찬 씨 여동생 남편분."

"매제?"

"아, 맞다. 그 매제분은 앞으로 어떻게 될 것 같아요?"

"글쎄……."

구봉팔은 잠시 생각하다가 대답했다.

"지금으로선 알 수가 없군. 한동안은 안기부가 뒤를 봐준다고는 하지만, 강이찬이 겪던 걸 보면 안기부도 딱히 신뢰가 가는 단체로는 안 보여서."

"정말이에요."

한 차례 김철수를 만나 본 조세화는 구봉팔의 말에 격하게 공감했다.

뭐, 구봉팔 입장에서는 이제 더 이상 부산 조폭계와 엮이고 싶지도, 앞으로도 딱히 그럴 일이 없으리란 생각에 강 건

너 불구경이나 하고 싶었다.

'조세화에게는 말하지 않았지만 그 바람에 칼까지 맞았고.'

살아남은 건, 어디까지나 운이 좋아서였다.

"……아무튼 우리는 우리 이야기를 해 봐야겠지. 그래, 광금후는 지금 어쩌고 있나?"

꼭 필요한 일이기는 하지만, 그 존재를 언급하는 것만으로도 싫었던 조세화는 저도 모르게 인상을 찌푸렸다.

다음 권으로 이어집니다